18個の書く決意

くろでアオ
KURODEAO

文芸社

18個の書く決意

◇◆◇

目次

答えを探すことの決意

「普通」って、何だろう？　といつも思っていた。考えても答えがでない。「？」と思っていた。何年も、疑問に感じていた。

解答を探し続けているけれど、見つからない。「なぜ？」と思う。発言することに対して、慎重になる。時と場合によるので、気をつけることにしている。

「普通じゃない」とか、「普通でしょう」ときいたとき、頭に「？」が浮かんでいた。言った本人からすると、なにもないことでも、聞く立場からすると、「何？」と思っている。

基準がないので、「普通」をものさしにすると、困ってしまう。いつきいても、全然わかりません。

「普通って、何？」と言ったことがあります。相手は予想外の質問がきて、答えられず、すぐに黙りました。「普通が通じない」を知った瞬間の驚いた表情は、今でも忘れられませんね。

曖昧な言葉なので、「迷う」、本音がありました。「普通」というのが、影響があるとみました。

果たして本当のことをききたくなりました。

「普通」ということに対して、いろんな意見がありますが、普段と同じことで、大切と考えています。

実は、自分自身が発達障害といわれました。詳しいことはあとでふれることにします。発達障害の存在を知るまで、いろいろと言われました。ほかの誰かと違うことに、気づいていたので、葛藤していました。

小学校の早い時期に気づき、「おかしい」「人と違う」を知り、モヤモヤしていました。原因がわからずにいたので、ストレスを感じていました。「性格」とまで、言われた。「いいえ、性格なわけはない」と思い、信じていました。まるで、地下の奥底にたまり続けたマグマと同じでした。よく、爆発しなかったと思います。

発達障害の存在を知り、すべてがわかった瞬間《とき》、「ほっ」とした。何年も思い続けていた「性格」という事実は、見事に打ち砕かれた。信じ続けたことが、本当だった。年月はかかっていたが、もっと早く知りたかった。

発達障害の存在を知ったのが、二〇一〇年代頃のことであり、気になっていた。どういうことか？

詳しいことはわからずにいたのですが、世間では少しずつ、知られてきていた。前ページで書いたように、実は自分自身が発達障害の診断をされた。

人間関係で、悩みが絶えず、衝突という文字は、常に頭の中に浮かび、苦労の連続でありました。見えない何か、原因がある、必ず突き止めることを決意した。

何年もわからないまま、過ぎていったため、本当にたくさんの苦労を抱えてきたけれど、言っても変化することはない。

「変わってる」ということで、片付けられていた。誰にも理解されずに、時は流れていくのであった。

苦労を話したところで、理解されることは、一ミリもないとみた。あきらめの部分もあった。

人間関係のことは、いつでも悩みの種であり、複雑な紐をほどくようなもの。絡んだ複雑な紐を一本ずつほどいていきたいのに、どうすればいいのかわからない。

気づいたら紐が余計に複雑に絡まり、どこから手をつけたらいいのか、難しくなり、限界を感じたことは幾度もあった。

悪いことばかりが多いので、これまでよかった印象が記憶にないのが本音であり、どの場所にいっても同じ結果だった。

いろいろあって、人間関係が悪くなり、終わる経験を何度もした。数えきれないほどある。なぜなのか、理由がわからなかった。地雷を踏んでばかりだった。

何をやっても、ダメだとあきらめることさえあった。「悩みを言ってみたら」と聞かれると、必ずあげるのが「人間関係」だった。

周囲の誰かに「相談する」を、連想するだろう。本当は話をしたいのに、問題が発生する。

話すと、誰かが聞いている可能性があると判断する。注意しておくことが必要だと思っている。

火のない所に煙は立たぬ、ということわざがあるが、本当だと思っている。逆に根も葉もないことが、伝わることが怖いというのも持ち合わせている。

長くなってしまったが、発達障害の診断には何種類もあるという。知りたくなって、調べていくと決断した。感想として、複雑だなと思った。

わかる範囲内で理解していったが、知っていくと、あてはまることが出てきて、驚かずにはいられなかった。「あ、ある」ということの連続でした。

結果を知ると、長年抱えていた、モヤモヤの原因が、はっきりとした形で姿を現した瞬間であり、すっきりした。間違いなかった。長い暗闇のトンネルの中から、抜け出すきっかけの一つでもありました。

一日でも早く、暗闇から抜けたい気持ちはさらに強くなり、方法を探っていた。ある日のこと、掲示物を何気なくみていた。

「カウンセリング」という文字が、偶然にも目の前に飛び込んできた。「?」であり、どういうことなのか、気になっていた。「これだ」と思った。忘れないうちに問い合わせを自分からした。誰にも言わず、行うことにした。

誰かの耳に入ることは、想定内の範囲としていた。予想通りの展開となりましたが、目的は確実にカウンセリングを受けることでした。

自分から、動いた結果でありました。驚きの声は、聞こえました。「えっ!」と、驚かれていましたが、狙い通りでした。

指定された日時に、初めて行ってみるも、緊張すら感じなかった。日ごろから抱えていた悩みを話して、聞いてもらった。

普段話せないことを、限られた時間の中で、あれこれと話した。探していたことが、ついに見つかった第一歩であった。

悩みは、奥深くにあって、たまっていた。一回では終わらずに、続いていく。回数を重ねていくと、今まで背負っていた重い荷物が軽くなった。求めていたものに、出会った瞬間だった。

予想通り、明るい世界へでるための道

詳しい事情をわかったうえで、話を聞いてもらえることは、ありがたいといつも思っていた。

発達障害のことを、知らない人に説明しても、理解できる保証は、最初から「ない」と

思っていたので、何もしない。

知っていただくほうが、大切だと思うからこその考えと感じている。どう感じるかは、話をきいた人次第の判断とした。

何回か通って話した流れのなかで、あることを知った。気になっていたので、詳しくきいた。気になっていたので、すぐに返事した。調べてくれるときいた。

「何をするのかな？」と、カウンセリングに行く前から、想像はしてみるも、まったく思いつかない。首をかしげていた。

実際に行きましたが、何をしたのかと聞かれても、「？」としかいえなかった。小さいノートを持って、やったことは、書き込んだ。

書き込んでもわからない用語を、眺めているだけだった。メモしたほうがあとあと困らずに済むという、考えから行ったことであった。

普段から、ノートに書き込むことは、行っていたので、苦には感じなかった。

いろんなことをしたけど、内容については、説明できない。何かをやったとしかいうことは覚えてるけど、あとは？　である。その後であるが、発達障害を知った。証明した瞬間には、予想通りの答えがでたことで、さらに一つ前に進んでいった。暗い世界から出るための道のりがさらに進んだ。長かった年月、やっとの思いだった。探していた答えを、告げられた結果、見つかった。

「性格」とは、関係ないことが同時にわかった。神話として語られたのが、打ち砕かれた瞬間でもあった。性格ってどこから出てきたのかと思っていた。伝えられていることが、びっくりであった。

何もかもが、ひっくり返った瞬間を、感じた。長年の謎が、一つ解けたことで、疑いの余地が晴れて安堵した。

人と話すのに、苦労を重ねていた。「意味がわからない」と言われて、へこんでいた理由も、わかった。納得の連続でありました。

生まれつきか？　話をするだけでも、気を使いながら考える。他の人よりも、何十倍もエネルギーを使っていることが、想像できた。相手の顔色をうかがっていたのだと思った。

一対一の会話でさえ、どうしたらいいのかさえ、考えました。考えるだけでも、疲れるのでありました。緊張してることは、確かです。

人と話すとき、予想できない方向に展開するので、本当に怖い。苦手なことの一つに、説明することをあげる。大の苦手である。

「今の状況を説明してください」といわれたら、頭の中でパニックが起きます。お手上げになります。どうしたらいい？　となります。

「簡単」と思われますが、大変なことなので「できません」といいます。

語るよりも、実際に見てもらう方が、説明がつきます。目からの情報は、確実であり入るのが早いので、簡単です。時間短縮にもつながります。

百聞は一見に如かずといいますが、その通りの一例であります。

他に、時間はかかりますが、確実な方法であり、途切れ途切れに簡単な言葉をいって、聞いてもらっています。大変ですが、地道な方法です。

「〇〇だから、〇〇ということ?」と聞いてきたので、うなずいた。わかってもらえたことが、本当にうれしくてたまらなかった。一つの策として、行っていることです。切り札としています。

結論がでると、「ホッ」としていた。「通じた」という、喜びも同時にでてきて、一安心します。話す側も聞く側も、双方大変なのは、わかりました。想像以上に、お互いエネルギーを使っていることは、実感しています。

会話するだけでも大変なのに、見えない敵と戦っている感覚。誰かと話していて、楽しむ余裕がなかった。会話するのが、楽しいといってみたい。

何もない人には、想像できないことでも、会話一つで、「苦」という文字が、浮かぶほどなのです。

発達障害がなければと、何度も思った。だが、一生を共にする相手と、考えることにした。

「混乱」していた時があった

何年か前のこと、何なのか気になるワードがあった。

「人に合わせる」

どこで、知ったのか、詳しくは覚えていない。また「?」が浮かぶワードが、出てきたなというのが、感想として出てきていた。

最初に、聞いた時に「?」が、すぐに浮かびました。

「何、どういうこと？」

「どういう意味なんですか？」と、思いました。

耳にタコができる程聞いたが、本当に意味が、不明だった。混乱していて、言葉の意味の深みにはまりまして、抜けられなくなりました。

何回聞いても、全く解決できなくなり、悩みにもなっていました。

音に合わせて演奏するなら、想像はできるが、人に合わせるとは、何のこと？　と思った。

ワードの意味に、振り回されているのは、確かだった言葉なので、覚えている。今でも、鮮明に頭に浮かぶ程だから、怖いものである。

どこかで、誰かが、「人に合わせない」または「人に合わせないで」といい何度も耳にしていた。「なぜ、（人に）合わせようとしない」とまで、言われたが、本当に「？」が、浮かんでいた。

「えっ」と思っていて、首を傾げる自分がいた。どのくらいの期間かはっきりとしていないが、悩んでいた。考え込むこともあった。

「どういうことなのか、わからない状況なのに、いわれても困る」という思いは確かにあり、本音もありました。いつでも、ありました。

「人に合わせない」ことに対する、「悪い印象」を示したらしい。なぜ？　との思いはあったけれど、言えなかった。

周囲にいる人たちと同じことをするのが、よいこととして捉えていた。「うーん」と、考えていたが、「いいこと？」と、疑問を持っていた。変なワードと、思っていた。

人に合わせる＝皆と同じ、もう一つが、人と合わせる＝印象がよい、というのが、二つとも頭の中で浮かんでいた。自然と浮かんでた。毎日の中で、誰かの発する言葉の中から、いろいろと考えていた。計算式ができると、予感した。

人に合わせることは、周りと同じことであり、安心感がある。一体感があることと、考えていた。ずれるという文字がないから、「よい」という印象だと、思っていた。

ところが、言葉に疑いを持ち始めた。「本当に、いいことなのか？」とますます、気になり始めた。「おかしい」と思うように、なっていた。

人それぞれ、抱えている事情はあるのに、全員が同じでいいのでしょうかと、思うようになっていった。大切なことを忘れているような気がしてならないと感じた。

自分の意見はあるらしいが、いわない。周囲の人の顔色をうかがっているというのか、雰囲気で感じる。気配とでもいうのか、を考える。

悩んでいた当時、ずーっと考えていたが、本当の意味を知りたいのに聞くに聞けないから、ストレスとなっていた。

「今のままでいいの？」と思っていたが、結果は×だった。一つの答えを出すことができたので、よいことにしている。

その後は、聞かなくなった。消えたと思っている。

「人に合わせる」という言葉はありますが、状況次第で言う時は言うと思う。

人に合わせることで、疲れたとか限界を感じたという声が、あちこちで聞こえてきた。声を上げることができる時がきたのは、大いに歓迎する。今まで言えなかった事情は何と思う。一気に流れが変わったように思える。自分と同じことを考えている人がいたのは、よいこととしている。

発信してくれることで、大きな影響を生んだと思っている。なぜ、今まで、我慢をしていたのかと思う。圧力で抑えられた？　と考える。発言することで、問題になるから、黙っていた可能性も考えている。キツすぎると感じた。毎日過ごしているうえで、いらないワードだと思う。

ストレスとはいうが、本当にそう思う。縛られるという文字が、まさしくピッタリとあてはまることは確かだ。

本来の姿と思う瞬間《とき》

「人と違っていい」と、念仏のように唱えていた。今でもずっと言い続けている。なぜ「同じこと」を求め続けるのか、ますます知りたくなった。特に思うのが、「結婚」のこと。考えられる一つのことと、思った。

いろんな問題を聞いている毎日、耳にするのが、「しない（結婚）＝悪い」ということであり、いつも言っているのが、「なんで？」と思っていた。

「しなくて困る（結婚）」と、毎回おなじみの口癖をどこか、覚えていないが、聞いていた。どういう理由なのか知らないが、なにかにつけて大騒ぎしていると、思っている。別の言い方があるのに、「しなくなった」とか、いいと首を傾げた。

全員していた（結婚）という話もあったが、時代背景もあるので、何もいえません。「いわれても」困るという本音がある。比べられても、ストレスになると考えています。いつでも思っていた。

皆と同じということ、時代とともに変化していくこと、割り切ることが大切だと思います。柔軟に対応することが求められている。「皆」って、何だろうとも思う。

ずっと続くとは思わない。始まったことは、いずれ終わりがやってくることを知っている。どんな形で終わるか、予想はつかない。個人の判断によるものと、考えている。

「する」「しない」の二択にこだわらず、表に現れていない問題もある。暗闇の中をひたすら歩き続けているようなものだと思っていた。どちらも長・短所があり、良い・悪いに関しては、いえない。

「結婚」でいえることとは、人間関係が浮かんでくる。何をするにしても、ついてまわることであり、切っても切り離せない、厄介な問題。人間関係一つで、左右されることがあるから、慎重になります。

「する＝良い」または「しない＝悪い」という、見方をされた時がある。する方には光が当たり、しない方には冷たくされる印象があった。枠からはずれているという、印象が存在しているかもと、考えました。

中には、最初から「しない」と決めている人も、一定数いるのは確かで、様々な事情があります。背景あり、意見あって、考えた決断、よいと思います。

しないのがおかしいとは、思わない。本当の姿ではと思う。個人的なことなので。

「結婚＝幸せ」「しない＝寂しい」と連想されていたが、本当？と思っていた。結婚している人にいろいろときいてみた。きこえたことが、「不満」だった。どうしてなのか、考えた。

ある場所できいたのは、「独り＝寂しい」という、イメージがあるという。誰かいれば、寂しさは解消されるようですが、実際は？と思う。考え方次第だと思います。家族がいても、ひとりであっても、寂しさはあると思います。

びっくりされると思いますが、ないとはいわない。どこかにあります。完璧にないとは、いえません。

「えっ、どこで孤独感じる？」とか、「家族いるのに？」という発言がでてくるとは、予想します。実はあるのに、知らないだけ。

どこかで聞いたなぁー、偶然テレビをみていて知った。「今頃いってるの？」と思ったけど、驚くことではなく、以前からあったことなのです。

寂しさの感じ方は、人それぞれであり、物差しでは測れない。表に出てきたときに、あまりにも衝撃的であり、強い印象だったようです。

根っこにある闇は相当深くて、誰かいる＝安心、にはならないと思う。どこかで聞いていたが、孤独とは何？　とか孤独の定義が、時々話題になるけれど、はっきりした基準がないので、難しいと思います。

独り＝孤独・寂しい、関係ないと考えます。決して＝で結ぶではない気がします。まったく別の問題として、捉えるのがいいと思います。

長年にわたり、神話のように伝えられてきたと？　頭に浮かびました。独りにしない・させない環境が、存在していたことも考えていた。

いつなのか？　結婚＝幸せが、イコールでなくなった。寛容になり、独りでも、構わないという声が聞こえてきて、楽になった。時代背景があるから、いえること。よく考えて発言しないと、問題になるので注意が必要です。ダメといえるようなった。

背景には、セクハラ・パワハラと考えました。多様性の時代でもある。

結果、ひとりでいることを選びました。結婚したら、幸せになれるときいてきたが、どうも「違う」といいました。本人の考え方次第では？　と思うようになりました。一生わからない問題です。

知らない人といるのが、辛いことであり、ストレスを増やすだけだと考えます。無理をしてまで、誰かといることは、苦痛と感じました。

話を聞いても、一ミリたりとも、信じなかった。話す前に、目の前で起きている出来事を毎日みていると、疑問を持たずには、いられなかった。自分は自分でいこうと決めた。

人間関係で、「苦」の文字しか浮かばない人が、いう。完成させようと、必死になってやっているパズルのできあがりが遠くなるように思えた。1ピースでも早く埋めたい思いは強い。

結婚で大切なことって、いろいろとあると思う。協力が一つ浮かびました。他に何があるのか、想像してみるが、難しくてでない。

さっきあげた協力がないと、続かないのでは？　と、思っていた。

何をするにも、切っても切れないから、「力」という文字であげてみました。天秤のように、つりあわないといけないと考える。

「上げ膳・据え膳」という言葉も頭に浮かんだ。

複雑に重なっていたことが、時間と共に問題となるとみた。のちに姿は表す。大きくなってやってくる。

その後、すぐにでました。大きな問題になりました。

「気づきました今頃?」、何年も前からいわれてましたよといいます。

ここ何年かで、浮上してきました。何年・何十年と気づいていたのに、声をあげられなかったのかわかりませんが、代償が大きくなっていた。

学ぶことの大切さと思っているが、生きていくのに必要な能力。危機感を持っているのかは知らない。「もしもの備えどうします?」という場面が、突然出てきたときに一体どう対応するのかねと思っていた。想像がつかない。慌てるだろうねぇー。ある時、足音をたてずに何もなくやってくる。

やっと、事の重大さに気づいた時には、遅いと思っていた。長い間騒がれていたのに、後回しにして、出てきた結果でありました。表に出てきたこと、嬉しいです。

「できない」「やらない」と語るのを聞いたときに、キレていた。今はよくても、後になって、どうなるかも知らずにいる。怖いことになると思う。

終わりになる理由でもあることの一つです。不満がたまり、積もりに積もった結果をきいて確かにと思えました。

他人といるストレスの感じ方が、人の何十倍、何百倍となることを知っているので、遠慮致します。なので、独りでいる方を選んでいた。いずれは、この世からいなくなるが、独りでいる人たちのために、策をくださいといいたい。何もないから。厳しすぎると思ってる。

むしろ、少しずつ話題になっているのに、どういうわけか、反応がないという状況ですが、これから避けて通れない話題です。議題としてあげてほしい。

何もかも、一律に「同じ」を求めることへのこだわりだと思う。ダメなの？　といいたくなりましたが、黙っている。本来は、「人と違うこと」が、正解なのではと思いました。同じことをすることが、いいことなのか、疑問を持ちました。

「問題」があげられ解決できないで、むしろ進んでいるのを聞いたとき、本音を誰も聞こえないところでいってみた。そりゃ、そういいますよ。何かしました？　といってしまう。記憶にすら残っていない。結果、何もしていないとなります。

「問題」という名の荒地には草が生い茂っていて、どこから手をつけていいのか、わからなくなっている。少しずつ草を抜き始めて、きれいになっていくが、距離は短い。果てしなく、遠い景色をみているると、いやになってきて手を止めてしまう。

今の状況をみているからこそ、出てきたこと。騒いでも、結局のところ解決策がない。もう少し、柔軟な対応をすればいいのにと思う。

結婚すること、しないことって何なのかと思う。大切なこととして、どう生きてきたかが重要とわかってきたことでもあります。過程と考えました。

いろんな事情を抱えながら、それぞれ毎日を過ごしている。いい・悪いと、決めつけることなく生きたい。寛容になれないものかと、考える。

イコールで結ぶことへの抵抗

なぜ、「独り=寂しい」となるのか、知りたくていた。いつも聞いているけれど、「?」しか浮かばない。どこから、「寂しい」が出てきたのか、不思議だったからです。どっちがいいのか、意見はあると思います。永遠のテーマと考えました。人それぞれと思います。

独りでいて、悪いと思うかと問われれば、「いいえ」ともいいます。
他の人といると、ストレスが溜まることを知っていたので、独りでいることを選んだこ
とも、うなずけると思います。「面倒」「煩わしい」が、連想される人間関係、トラブルを
起こしたくない気持ちがあります。
衝突したくない、まったく知らない人と同じ場所にいるのは、苦痛を感じます。
どこかで気を使うことは、したくないという。人の顔色をうかがうことさえ、遠慮致し
ますというようなもの。神経すり減らすように思えて仕方がなかった。
同調圧力？　を浮かべてみたけれど、果たしてどうなのか、なにもいえません。
「ひとりでいて、寂しさを感じないの？」と、何度も聞かれたことがあります。なんで聞
くのだろうといつも思ってた。予告なしに突然聞くから、「なぜ？」と思った。場面によ
って違うのにな。
「ひとくくりにされても……」何と言っていいかあとが続かない。質問されても、答えた
くない心理が働く。必要ないのになと思いつついる。どうやっていえば、納得するのかと
考えていた。
「なんで？」といってみた。相手は質問されたことに驚いていた。予想外のことだったら

しい。戸惑っていたようです。

会話のキャッチボールが、できないとか、難しいと思った。

質問した内容が気になって、「なぜ？」と聞かれて答えることに対する疑問が、生まれていたので、何を聞きたいのかと思っていた。本音を知りたいことがバレています。

聞く目的は何ですか？　と、ますます知りたくなった。どんな手段を使おうが、自分の中にある引き出しは、開けるつもりは一ミリたりともない。

質問する人の引き出しを開けることを、目的としていたので気になった。

開けた引き出し、どこかで閉めることをしておかないと大変になります。質問に対する答え方は、聞いてから考えます。時間稼ぎは、しない。

「なんで？」「答える必要ある？」とすぐにいうと、「答えにならない」といっていました。キレていましたが、狙い通りでした。答えるつもりは、全くない。きいている時点で、すでに違うと思っていたからです。

心理戦をついたもので、ゲームのように、相手の出方をみています。油断してはいけないと、心のどこかで思っています。考えていないようにみせかけてる作戦。黙っているけれど、語るつもりは、全くありません。

答えたくない質問には、どんなことがあっても、答えません。大切ですか？　必要ですかと、いいたくなる。似たような質問をされたことがありましたが、「なんで、聞くのかな？」と、思いました。

「独り＝寂しい」と考える枠の中から、抜けられずにいるのかな？　とみました。違うかもしれないし、断定するのは難しい。紙一重かもしれない。

もし、いろいろときいてきたら、どうするか考えていた。聞いた本人に対しての答えが知りたくなりました。質問してきたら、すぐに「なぜ？」「なんで？」といってみよう。「なんできくの？」といい、質問する人の心理を知りたくなる、目的がありました。質問してきて、こちらが答えることでの、本当の目的は何？　という、隠れたテーマを持っているから。

「なんできく？」といったあとですぐに、「どうしてきく？」という。質問者が答えているときは、黙って聞く。「目的は？」と完全に、立場を変えること。答えないという姿勢を持ちつつ、目的を、行うことにしました。

聞いてどうする？　ということが出てきました。「聞いてどうするの？」と、いってみましたが、「ただ知りたかった」といってました。知って、何になるのかなと思いました。

聞かれたら、聞かれたなりに驚かれていたようだ。まさかの想定外の質問返しに、あわてていた姿は、今でも覚えています。質問したら、当然答えると思っていた。

まさか、想像もできないことが待っていた。

「えっ?」、質問していて、答える立場になるなんて思ってもみなかった。予想できない展開に、戸惑いを隠せない。狙い通りであり、思うツボとなりました。

嫌だと思うことは、どんなことがあってもしないと決めている。甘くみてはいけないと、思うのでありました。本音を答える必要があるのか、考えました。

なぜ、「独り＝寂しい」をイコールで結ぶのか、知りたいです。刷り込まれました?とも、考えています。

何も知らないで、「独りでいるのは寂しい」と、いえないと思う。最初から、決めた可能性もある。想像でものをいわないでといいたいです。

人間関係のストレスは、避ける方法を常に考えていて、解放されたい気持ちは、いつでもあります。それも、何年もあったのは確か。ひとりでいるのがよくないと、きかされたことがある。誰もが、同じでなければならない、謎のルールがあった。何なのかと思う。

皆と同じが、いいと思わない。なぜ、「同じ」ことにこだわるのか、不思議だった。違ってもいいのにと思いました。「同じこと」に対する、疑問を感じていた。「同じこと」に対する、こだわり？　と思っているが、いらない。人と違うことが、特に問題ないのに、「おかしい」といいたかった。

本当は、「人と違ってもいいのだ」といえたらいいのに、「同じ」という枠に入れておけば、安心というが、果たしてと思っていました。違っても、いいのにと思います。「違う」ことが、表に出てくれたことで、ありがとうといいます。

「皆と同じことが、できないから×」という考えは、消えてほしいと願っていた。人それぞれに事情がある。知られたくないこともある。話すことはしない。「もっと他にすることが、ありますよね」と思う。質問するなら、ほかのことに時間を使ってくださいといいたくなった。

人間関係で日々、ストレスを感じています。避けては通れない道ですが、軽くする方法をいつも探しています。答えたくない質問に対して、答える姿勢を見せないからといって、文句をいわれても困ります。答えるつもりは、ありません。考えることは一つではなく、無限にあります。

もっと、いろいろと視野を広げておくことは、大切なことであります。枠から抜け出すには、いろいろアンテナを張っておくことが必要と考えます。枠の中にいると、安心なのかもしれないが、もしはずれたらと思うと、何もできなくて後悔するかもしれない。

質問してきたら、返答すると思ったら、質問を返されて困っていました。想像つかないことでしょうけれど、珍しいことではないですから。

何回も同じ質問をされて、困ったことがあります。聞かれる度に、「またか」と思いました。正直なことを言うと面倒くさいと思っていました。「どうにかしたい」という思いは、強くなりました。同じことの繰り返しに、無限のループに入っていった。違う方法を探すことにしました。

「質問した、次はどうする?」と、あれこれ頭に浮かぶ。正解がないので、「やる」という思いだけが、あった。正解をみつけるにも、過程があるから、同じことと考える。

イメージとして、数学の難解な問題を解いているようなもの。答えを出すのに、計算式を書いて答えを出していく道のりと同じであると考えた。あくまでも、イメージ。

どんなことをするにしても、解答をだすのは、試行錯誤しての結果だと思うので、イコールで結ぶことは、したくない。

いつのころからか、独りでいる=寂しいという考えは減ってきたので、よいことだと思っている。

根ほり葉ほり、そんなに知りたいの？　気になっていた。ある時、思った。「聞いて、何するの？」という、疑問を持ったのは確かである。「なぜ、質問するのですか？」という思いがあり、相手の気持ちを知りたくなった。

答えるより、こちらが質問を投げかけたら、どう答えるのか知りたいという事情もあった。

質問したら答えるのではなく、相手に同じことをしたらどうするのか、気になっていた。よし同じことをしようと、考えていた。根掘り葉掘り聞かれても、簡単には答えない。拒否することも浮かびました。

自分の本心をいかに、探られているか心配をする。自分を守ることも常に頭の中に入れている。ガードをかたくしておくことは、重要です。

「つまんない」「答えない」といい、「ムカつく」といわれても、話さない人自身にも事情があることを理解してほしい。

心を開いてほしいというが、結局のところ、どういうことと思う。心を開くより、閉じる方が正しいと思っているから。質問者に対して、答えない姿勢をみせる。同じことを質問者にしたら、どう反応するか、非常に気になるところである。

　相手に同じことをしたら、相手がどう対応するか、注目です。目的を知りたいことも、大切になってくる。いかに、答えないでいくか、避ける方法を考える。相手を黙らせる。何が何でもという思いは、いつでもあります。

　頭の中でいつも、「あれでもないこれでもない」といいながら、実際に浮かべて考えています。きかれた質問に対して、すべて答えることには、限界があります。何もできなくなってしまいます。

　何があるか、わからない毎日、危機感すら抱くこともあります。それを持っていることは、必要と考えています。

　不安というのを、常日頃、ほかの誰よりも何十倍何百倍と感じるから、警戒心は強いです。

　よい・悪いと考えるのではなく、中には慎重な者もいることをいいたい。

一生、共にする決断

発達障害の診断を聞いたとき、ついにみつかった。探していた本当の答えにたどり着いた。年数はたっていたが、ようやくわかった。考えていた点と線が、すべて一致した。計算式が解けた瞬間、すべての疑問は解決した。

今までの闇の世界から、出られたことは大きかった。「性格を変えて」といわれるかと思いきや、「あなたが変わればよくなる」とまで、いわれた。実際にきいても、「何ですか?」と思っていた。「どうすればいい?」と、混乱した。

具体的な例があれば、理解できます。何の例もなくいうから、困りものです。訳が分からない状況に陥りました。何度も聞いていると、慣れに変化していました。「またか」と、誰にもきこえないように、いいました。

「考えれば、わかる」といわれたこともありますが、無茶苦茶としか思えなかった。そういう人は何を考えているのかと、思っていました。考えているとはいえない発言。無理矢理な感じがしました。

発言する人に対して思うこと、人のことを言う前に、「自分のこと、忘れていませんか？」と、いいたいほどです。言える立場でしょうか？　と、いいたくなる。

「変わる」というなら、ご自身のことをお忘れなくと、いいます。「変わって」といわれても、正直なところ困ります。人に変化を求めるなら、自分も同様ですと、思う。

話の内容を聞く限り、アップデートした方がいいよといいたくなります。止まったままでいることが、よいとはいいません。

いつ、気づくのか知りませんが、危機感は持っておいた方がよいと思います。「変わること」に対して、応じていけば問題はないと思います。考えが、固定していると、近づきたくない。

「発達障害の診断」が、わかるまで、苦労の連続でありました。生きていくことが、どういうことなのか、わからずにいました。自分を必要としているのか、していないのかまで考えたほどです。

「自殺」の言葉が頭に、浮かびました。「辛」が、いつもありました。常に、隣り合わせでしたね。「消えたい」と思ったことも、何度も頭に浮かびました。

浸透はしてきましたが、誤解されることはあります。まだ発展途上段階なのかなと思います。

「変」「問題あり」といわれました。なぜとしか、いえません。「変」とか「問題」というのは、「何?」と思いました。

皆と同じという、謎の箱の中にいる。箱の中に、一人だけ違う人がいて、どんなことをしていても、強制的にみんなと同じにする。変化させる。「同じでないと、ダメなのか?」と、思ってしまった。

「皆と同じ」という、こだわり、何だろうと思っていた。すでに嫌気がさしていました。「どうして、みんなと同じことができない」と、何度も聞かれました。「?」と思いました。「同じ」という、安心感を持つことが大事なようです。理解できませんでした。

「同じ」でなくて「違う」方が、本当ではないのと、考えました。

あれこれ話をきいたけれど、結果としてわかりませんでした。内容が、難しくて伝わらなかったというのが、本音であります。

「違ってもいい」と、いつどんな時でも、言い続けている。

間違いをすると、パニックになる。一大事だ。間違いに、気づくならよい。わからないままいると、「?」になっている。「何をしたのか、はっきりと覚えていない」のである。書いた字をみていたら、「?」となり、「あれっ?」と、小声でいっていました。実際にみせられると、「いつ、やった?」と余計に考え込んでいる。迷路の中に入り込んで、抜けられなくなっていた。「すみません」といえるならよい。考え込んで、余裕がなくなり、何もできなかった。

気づいたら損ばかり、うまく対処できたらいいのにと思うことはいつもある。「治る」という、話ではないのが、現実。発達障害は、「脳の特性」と理解してる。やっかいなものだとは、思っているけれど、本音を言うなら「治せるなら、治したい」。

一生を共にしていくと自分の中で決めた。発達障害のことを全く知らないときに、衝突した。いろんな方面から、あれこれいわれた。原因は、本人の問題とされました。注意するようにと、何度もいわれました。

いわれたら、「治る」と思われていたようです。変わらないことで、ムカついていたらしいですが、それは後で知りました。

「ムカつく」といわれても困る。黙って嵐が、過ぎ去るのを待つことにしました。深刻なことなのはわかっていますが、対処したくても、どうしたらいいか悩みました。

　誰にいっても、通じない、闇の世界の中にいるのは確かでした。説明することすら、苦手。難しいがゆえに、ワナにかかったようなものなので、問題を解決するに至ることが、できない状況でした。

「言ったから、治る」「変わってくれる」という、思いはすぐに破られる。

「どうしたらいい？」と悩んでいて、わからない状況なのに、背負っていた重い荷物がさらに重くなりました。重い荷物を軽くしたい気持ちは、いつでもありました。

「治す方法があるのなら知りたい」とは、本音であり、いいたいのにいえない。自分にしか、知りえないことである。息苦しくて、苦労の感じ方は、何倍でなく何十・何百倍と考える。

「治して」という前に、一ついいたい、待ってください。言っても大丈夫？　と自分にきいてみて。もし自分が、同じ立場ならどうしますか？　考えられるか、問われると思います。

　どこへいっても、「衝突」の文字が、つきものでした。切っても切れない関係です。生きづらさは感じてしまう。避けられない。気づいたら、終わっていた。

どのようにしたら、複雑な対人関係を築けるのか、聞いてみたい。何をどうしたのか、全く記憶がないが、知らない間に終わってた。原因は、不明です。いろいろありましたとだけ、いうことにする。

説明するのが、超がつくほど苦手で、一言でいえば下手。いつでも、嫌いといいます。ある時、今の状況を「説明してください」といわれたら、体がかたまります。「どうするか?」と頭の中で、堂々巡りがはじまります。「困ったな」の一言が、出る。本当にダメだと気づいている。

いろいろと、発達障害のことは知られたが、勘違いされてる部分もまだある。ここでは省略します。

普段の生活は、苦労が絶えずいる。連続している。何かいわれると、「?」が浮かび、その場限りなこともある。頭の中に、「話の内容が入らない」こともある。(話が)長くて、理解できない状況にもなっている。

時間・月日がたつと、場合によっては、「聞き慣れた」に変化しているので注意が必要。話し方がうまい人の場合、黙っていても「うんうん」とうなずける。わかりやすくて、理解できるから、よい。下手な場合、長くて要点がつかめない。聞き慣れない言葉でいうから、「何？」といいたくなる。短めの方が、よいです。結論を先にいう方がわかりやすいです。

心が開けない、難しい言葉を並べて、全く伝わらないことをいう。揉める原因がつかめたのは、わかる。「全く思わない」といったことがあるが、驚かれた。テーブルをひっくり返したい気分でした。話を聞いてくれる人は、最初から印象が違うと思った。

会話をする・きくというやりとり一つにおいて、普段の行動といい人柄が、出ることを知りました。よい印象を持つ相手に対して、「素直」「安心」は、重要。「悪い印象」は、第一声から違うと感じられる。何もしなくても感じ取れる。「違う」とわかる。「合う・合わない」というのは、会話一つでも感じとれる。「もしかして」の思いは、頭の片隅にある。何もしなくても、わかりました。話がしやすいと、感じ取ることができる。案の定、話が上手くて頭がいい。聞いていても、やりとりが何の障害もなくできた。「できた」ことが増えたことは大きい成果です。

人の振り見て我が振り直せとはいいますが、本当だと思います。

アップデートが必要な場面もあり、固定したままでいると、いろいろと困ることも出てくるといえそうです。

話の上手い人は、頭がよく、人を引き付ける力を持っている。地頭がいいとか、天性なのか、考える。うらやましい。要点まとめてるから、説得力があることを言える。ほしいものです。

理解をして、話を聞いてくれる安心感は、大事。色眼鏡で考えない、フラットにみてくれる。フラットが、大きい判断材料といえる。

話が下手だと、何をやってもだめだ。イライラさえ感じる。うわの空で、人の話に耳を傾けてる？　と思っていた。

「わかる」というけれど、「?」が浮かぶ。「いや、違う」と思っている。共感ということだが、首を傾げる。「軽い」とみた。顔の表情みると、予想通り、出ていました。黙っているけれど、人柄ででていますし、バレています。

話し方が上手い人を、いろんな場面でみますが、参考にしています。説得力があって、見習うものが、たくさんあります。人を引き付ける力があります。

発達障害、知られましたが、いろいろと問題視されます。偏見が減ることを願っています。

「合う・合わない」は、人によってそれぞれあります。

最初に話をしてみて、わかることもあれば、回数を積み重ねていくでわかることもあります。

最初の印象も、回数を重ねることも、「あっ!」と思った瞬間、「合う」という感覚がつかめました。

慣れるのに、時間・日数が、関係してくると思っているが、果たしてどうなのか?

「合う」は「合う」で、どんな話題を振っても、盛り上がるが、「合わない」は何やってもダメで、結局空振りで終わる。はっきりとしてるよな。良い・悪いは、いわないが、割り切る方がいい。

すべてが一致することは、ないと思う。いろんな経験をしてきて、学んだことはたくさんある。生きた教科書と思っている。一生、学びの連続であるから。

人間関係で、どのくらいの数か不明だが、苦労は、絶えない。現在進行形。

「甘い」と思われても、言われても、スムーズという文字はない。

ちょうど、目の前には、よい実例があった。何もしなくても、聞こえる会話は、自然と耳が傾く。実際に自分の目の前で、起きている。文字を読むよりは早い情報源です。

黙っていて、聞かないフリしていますが、声が大きいから、わかります。

場面によっては、話の内容はわからなくても、誰なのか断定できるから怖いものです。話をする人たちの声が、大きいので、すぐにわかりました。「自分のこと?」と思った。すぐさま、本人の近くを通って、「何?」とか「何か」というと、びっくりしていました。聞いているわけないと、思っていたら、まさかの聞いていたという、展開にびっくりした表情をしていた。思わぬ落とし穴が、あることも知らずにいました。油断をしては、いけないといいますが、「その通り」といいます。

壁に耳あり障子に目ありといいますが、よい実例でありました。

苦手なのに思いつきではじめた

書くことをやってみるかと思い、書きだしたきっかけがある。バブル崩壊、のちに失われた三十年と語られる、一九九五年のこと。騒がれていた時代。

歴史的な出来事といえば、阪神淡路大震災・地下鉄サリン事件。インパクトが強いので、何年たっても忘れられないと思います。教科書にも、載っていると思います。

何月頃なのか、はっきりとは覚えてないが、一九九五年には書いていたのは本当です。いろいろと、世の中が、不景気な時代の中で、突然書き始めた。

話をしていても、肩の荷が下りることはある。ただ、時間・月日の経過と同時に、気づいたら再び深刻な悩みを抱えていた。それを人に話せるわけがない。

どうやったら、自分を楽にするか、いつでも考えていた。話すだけでは足りない。話はしたいが、限界がある。無限に広がる世界、どうにかしたいと思い、考えていた。

失われた時代に入ってしまい、世界が突然変わっていた。冷たさを感じていた。

「どうするか？」、路頭に迷った。今までの常識がすべてにおいて、変わった。何もかもが、訳の分からないまま起きた。

当時の出来事、わかりますが、一言でいうと「とんでもない」。忘れることは、ないと思います。今はよくとも、のちにあらわれることも知らず、問題はどこかで姿をあらわす。不遇の時代のツケは、必ず痛みとしてやってくると確信した。

予言した通り、何十年後に、問題が表に出てきました。後遺症という形で引きずっております。また、あとでふれることにします。

全てのはじまりは、軽く日記を書いてみようと、決意したこと。突然、何もないまま思いつきで、やりはじめました。日記を書いていく中で、別のノートを用意してみた。日数の経過とともに、行っていった。

毎日、いろんな出来事の中から、印象に残った言葉、言いたいけど言えないことを、ひたすらノートに書いていった。日記は、現在でも続けていますが、自分でもすごいなと思う。

「何かあったっけ？」と思っていた一九九五年、「何もない」ことに気づいた。何やっても、飽きることは、知っていた。「続ける」という文字がない。不器用であるから、どうする？　問いをなげかけた。

「さて、一体何が、できるのか？」、自問自答の連続だった。

作文が、元から「苦」であり、嫌い。やるとなると地獄という文字しかない。もっと、気軽に拘束しないで、やることを大切とした。下手でも構わない、やることが大事と考えていた。どんなことでもいいから、やるとを決めていた
普段からの口癖で、「下手なりにやろう」と言っている時がある。「楽しい」ということ

はまだ思いつく、余裕はなかった。やるということを決意したのみ。始めた時が、とんでもない時代であり、最悪であり、何をするにも、必死であった。経験したことはない。自分だけで、毎日が精一杯と思っていた。

一九九〇年代に出てきた問題が、二〇一九年当時になっても、しっかりと語り継がれていたので、印象が強いのは、確かであります。やったことは、いずれ大きな問題として、かえってくると思っていました。令和という時代に、変わってでてきましたな。

話はずれてしまったが、一九九五年の何月からか始めた日記にプラスして、「時の記録」という形にして、書いている。三日坊主で、終わらせたくないといい行っていった。どんな小さなことでもいいので、やり続けた。いつやり出したかは、不明である。

毎日やると、苦痛になって、やめる可能性も考えたので、気が向いたときに、行う。日にちは、決めずにやった。不定期で行っています。

日記は続けているけれど、書き忘れて二日分やったこともある。さすがにまずいとは、思っていた。意味がないと、いわれそう。

注意するとして、続けることに意義があるといつも、思っていた。

誰にもいわずに始めたが、何年も続いていた。「飽きる人」がやるだけに、驚きと思っている。これから先も、書き続けたい。

平成という、時代の中で、突然の思いつきではじめたころから、書いている内容を読んでいてびっくりの連続。「何書いたんだ?」と思うことがある。無我夢中で行っているから、時間がたつと、わからなくなっていた。書いたのに記憶がないことさえもある。

日記の方は書いてはいるけれど、懐かしく余韻にひたることもある。驚く。

「日記」「時の記録」を書いていてよかったことはたくさんある。過去の歴史を調べるのに、役立っていることだ。本当にいろんなことを書いているので、記憶に残る。いろいろと記録することが好きとわかった瞬間でした。ホンモノと感じました。

「日記帳」「時の記録」も、初期にやっていたのは、確かである。書いていたノートを処分した。保管してもいいけれど、残しても後で困る。見るのが自分だけの状況。自己満足で完結しているから、先のことも考えて、捨てることを選んだ。

平成という時代が終わり、令和になっても続いている。「時の記録」には、喜怒哀楽がすべて綴られている。終わりの見えない歴史的な出来事が、続いている現状でも、何も変わらずに続いていている。継続は力なりということでしょう。

「時の記録」と名付けたほかにも、もう一つ記録を残したくて、別のノートをまた用意した。どこかへ出かけた時のことを書いてみた。外出用にしたけれど、実はいつはじめたのか、全くわからない。日記同様に、続けている。

時の記録とは別に、あの時のことを残すという思いから、はじめた。どこかへ行くときに、フィルムカメラで、写真を撮って残すことをしていた。年月が経つとともに、スマホ＋デジカメに変化していきました。

写真は、アルバムにたくさん残していましたが、前と同じで、必要・不要かを決めてから、スマホへ残した。アルバムって、いつ見ますか？　を考えていたときに、「見ない」と頭に浮かんだ。スマホなら、いつでも楽しめるし、問題ないと判断した。

写真の枚数さえ、何枚あるのか、把握できなくなっていた。スマホに、データとして保存したことで、解決できた。同時に、写真いる？　という、思いはありました。「時の記録」ノートと同じ考えで、後のことを考えると、ほしいものだけを残せば、問題ないという考えに結論づいた。自分だけの楽しみにすれば、よいと気づいた。

困っていたアルバムの片づけに着手した。一気にやらずに、少しずつ行った。勢い任せだと、あとが大変になるから、少しずつやるのが、大切。

「外出用の記録」という名にして、アルバムは「ミニアルバム」に変化させ、スマホといい、切っても切り離せない関係です。何冊もあったアルバムたちは、片付けましたが、大変でした。何もなくても、大丈夫と感じました。

もし、見たいと思うなら、スマホがあるから、よいと思った。ただ気をつけることは、スマホの取り扱い。大事なものなので、注意します。

外出用ノートは、書いていたが、二〇一九年末を最後に一回とまったが、三年後の二〇二二年から再び行っている。年月はたっていたが、書けたことの喜びは大きい。

書いている内容は、以前と同じ。近場で、どこかへ行ったときのことから、はじめた。本当は、遠くに行きたいとは、思っても現実は厳しい。とても大事な友であり存在である。

スマホがなかったら、何にもできないと気づいた。ＰＣも同じ。書いておくことが大切と痛感する日々。行動力が問われるから。

歴史に残る・語られる状況が起きた

二〇一九年末に、ある場所に旅をしていた時に、景色を見ながら思っていた。「何事もなければ、いいな」と思い、「このままで、いいはずがない」と、特に感じていた。

旅先にいくといつも思っていることがある。「いつかは、やっていることに終わりを告げる時がくる」と、思っていた。目の前にある光景を眺めていた。忘れたくない思いもあった。写真で残すことが可能なら残し、時間がないときは、ただ光景をみているだけの時もあった。

一回見ていて記憶として残ることはある。短い時間ではあるが、印象が強くて忘れられないと気づいた。

「いつ終わるか、わからないからみておこう」という、思いは強くあった。周囲を一周眺める。すべてを自分の目でみておくことが大切でした。

現在の状況下の中で、いろいろあるけれど、思い出す。出かけられてた時のことを、懐かしく思う。スマホのアルバムを作った目的でもあり、楽しむ。一日でも現状況が終わったら、どこかに行きたいと願っています。いつになるか、わからないが、思いは強い。

自分だけでどこかに行くのは、問題ない。ストレスを感じない。

誰かがいると、「あっ」と思う。人が多い場所に行くのには、特に支障なし。誰かがいると、問題が発生する。

「考えてしまう」、人と一緒にいるのが「注意」と思えます。ストレスを感じてしまう。「苦痛」という文字が、浮かんでいる。

自分から企画して出かけることに関しては、問題なし。一緒に、「人と出かける」の言葉を浮かべた瞬間、「あっ、だめだ」と思う。「ぶつかる」「衝突」の文字が浮かぶので、ダメだと気づいている自分がいる。

自分だけなら、「楽しい」といえるが、「誰か」がいるだけで、「あっ、ダメだ」って、思っている。「えっ、なぜ?」といわれて、驚いていた。「そんな人はどこにでも、いますから」と、いいたい。

いえないけれど、「我慢している」のは、あります。

ストレスの感じ方は、千差万別で、他の人の何十・何百倍もあると思います。

二〇二〇年の世界の歴史的な出来事が起こる前、何もなくいたことが、奇跡と思っていた。早すぎる状況に追いつけなかった。変わらない現状に、「いいのかな？」と口癖でいっていた。嫌な予感が起きることを予測していた。「どこかでくる」と確信した。激しく変化する時代の中で、今までやれた実績はあるから、「大丈夫」と思い、この先もやれると確信していた。変わらない状況に、疑問が浮かんだ。

「おかしい」といつも、思っていた。今のままが、本当にいいのか？　と感じた。納得できないまま、首を傾げながらも、二〇二〇年代に突入した。年明けから一週間過ぎたころだと思うが、様子が変わり始めた。世界中が、大騒ぎしていた。

二〇一九年末の出先で、思ってた「終わり」が、本当にきた。日頃から、予想していたことが、ついに現れましたと思った。パンデミックが、起きた。何の予告もなく突然きました。「くるわけがない」が、「きてしまった」。

二〇二〇年以前のことを覚えているかときかれると、「わかりません」という。「懐かしい」になっている。今は、昔という言い方になっていた。何が何だかわからず、怖さを感じながらいた。

ニュースで、あちこちから聞こえる情報に、怯えていた。月日がたつとやることは、普段と変わらないことを知る。いつ終わりがくるのか、見えない中、少しずつ日常を取り戻すことをしている。

今回の騒ぎで分かったことがあり、対応一つで本当の姿が、わかった。ずっといっていた「変化する」ことのきっかけが、できた。まだ始まりにしか過ぎない。突然、対応を迫られてしまったが、これから先も続いていくと思う。

驚いたと思っていたけれど、月日が流れると、二〇一九年以前のように、戻りたいとは思わない。変化すること、これからも対応する力は必要だと思う。

「冷たい結果」がでた

文章を書き出した、一九九五年という時代のことを覚えている。「失われた三十年」と語られているが、実際は四十年というかもしれない。

バブルが崩壊してから、何年かたっていたことは、確かだった。入り口でつまずくと、大変でした。焦りを感じていました。全てが順調に進んでた人たちから、「なぜ?」「どうして?」といわれました。「なぜ」ときかれても、「こっちが知りたい」といいたくなりました。疑問なのか謎なのか、わからぬままいました。

どんなことをしてみても、「×」ばかり、どうすればいいと思った。

今はよくても、のちにとんでもない大騒ぎになると予想してた。誰もが予想のつかないことがおきる。想像していた、これから先のことが見えなくなった。

このあと出てくる氷河期の話は、令和になっても、引きずっている。

予想通りの展開になり、問題は解決されていない。後遺症ですよね。現状を知ると「あー」という。見離された思いは、忘れないと思います。

正解がない中で、書くことをしていて、悩みをかかえた暗黒の時代を過ごしていた。

誰にもいえない。言った所で解決にならないから。

何十年もたったからいえるが、社会問題といえる。セクハラかパワハラ? どっちなんだろうと思っています。

自分が人と話をしていた時、通じないストレスを抱えていた。最初でつまずくと大変です。

レールにのれても、途中で軌道からはずれると、そこから這いあがるのは難しい。なぜ、こんなに苦労しなければならないのかと思った。

必死に、しがみついていることに変わりはない。心のどこかに、余裕は持ちたいけれど、持てるわけがない。

自分を守ることに、精一杯でした。暗闇の中にいるのに、相変わらずどうやって抜け出すかを、必死で考えていた。

「発達障害」という文字に会うのは、まだ先のこと、知らずにいました。「普通」という、言葉に「何？」と、強く感じはじめた時でもありました。

「何？」、深刻になっていく。本当のことはわからない。「きいていても？」なので、相変わらず、考えてばかりいた。

「なんだろう？」と、解決したくても、できなかった。

冒頭の方にも、書いたが、「普通」といわれても、「？」が浮かぶことは、何回もあった。

何か他に、違ういいかたは、ないものかと、考えていました。

結局、「いつもと同じ」か「普段通り」でよしにした。もしくは、きくのみ。

「普通」とは、果たして何と思う。人によっては、「？」を浮かべることもある。注意するに限ることにした。永遠の疑問と思います。

見慣れた光景の中にも、あると思うし、耳を傾けて聞くことにしている。

失われた三十年の時の中で、氷河期のことが、表に出ていました。二〇一九年の秋頃だと思います。就職氷河期のことをいいます。遅いのですが、といいます。

きいた時は、「なぜ、今頃？」と、思っていた。突然、出てきたというのが、感想です。

放置してきたのにと思った。問題発生の時から、早く解決してお願いと、鐘を鳴らしていた。ドアをドンドンたたいたけれど、相手にされない。

「うるさいから、早くとめて」「助けて」といったのに、全くきく耳、持たないまま年月がたっていた。どこから、出てきたのかというのが、本音です。

のちに「自己責任」と、知ったのですが、「いいえ」という。

困ってるから、声をあげていたのに、問題を解決しないと、後で「大変なこと」が起こるのに、といっていたのに、全く相手にされなかった。

鳴り続ける鐘の音は、止まることを知らない。たたいているドアも、手が痛くなっていた。「キツい・辛かった」が、本音である。

声を大きく出して、いっていたのに、完全に見捨てられた思いはある。いつになったら、解決策を出すのかと、待ってみるが、全くない。イライラが、募る。

二〇一九年になって、出しても、遅いの一言。何年たってるかわかります？「今頃、気づきました？」と、いいたくなった。

氷河期の話は、問題になりました。板ばさみにも、されてたこともあった。問題児扱いされていたが、「えっ！」と思っている。「どうして？」。

「違う」のに、問題の根っ子がわかってない。「早く解決して」「対策して」といってみたけど、無視された結果が、忘れた頃に出てました。足元をみてない。

副作用？　後遺症？　と考えました。未だに、引きずることがありまして、立ち直ることに、困難を感じた。

やったことの結果だと、いえます。何十年後に出てくるとは、思いもしてなかったでしょうね。小さな積み重ねが、大きくなってしまった。

処方せんを早く出してと、いっていた。解決策という名の薬がほしいのに、全くない。放置されたことは、一生忘れませんから。

「治る」と思われた？　知らないと、相手にされなかった。「治らないから困ってるのに」という、本音があります。お先まっ暗とも言っていた。

バブル崩壊の影響で、突然、様子が変わった。何の予告もなく、社会に出る前、門をとざされた。先の見えない暗闇に再び入れられてしまった。突然入れられて、このあとどうなるのか、全くわからない。ライトで、明るく照らしてみても、喜びすら感じられない。照らしたライトの部分だけは、確かに明るいけれど、周りの暗さは、変わらない。

いけどもいけども、出口にたどりつける様子すら、みえない。早く、暗い世界から出たいのに、イライラが増えていた。「バブル」という壁は、あっという間にもろくも崩れた。

「解決」という薬がないまま、年月だけが過ぎていく。

ある日の突然のことに、語られていた神話が全て壊れた瞬間でした。

希望する所を決めて、狙いを定めても、弓で的を射っていくもはずれていく。絶望へと変わっていった。どうしたらいいの、の連続でありました。

「一体、何をすればいい？」、考えても、全く思い浮かばない。

ずるずると、引きずっている感覚は、あった。

希望が、叶うというのは、消えた。毎日が、地獄という感覚を持った。

何年も続くから、本当に考えたくないと思った。

環境の不安定さは、毎日が、精一杯。自分を守ることしか、考えられない。

不安しかない。他のことを考える余裕なんて、一ミリもなかった。

全て追いつめられたと、思う。

「どうしたら、いい？」と、巨大迷路に入ってしまい、抜け出したくても、抜けられなくなっている。極限まで、追いつめられた。

疲れきった。疲労困ぱいになっていった。

何も考えられなくなり、引きこもりになったという人の話もきいた。

絶望したことによる、結果らしい。どのくらいの人が、いるのか、つかめない。不特定数いることは、確かだと思います。

トラウマになりましたと、いう。

「解決」という名の薬が、一刻も早くほしいと、いった。しかし、きく耳を持たれず、ずるずると、問題を引きずっていきました。

解決への道はつながるはずだった。薬がないので、道はとざされてしまった。

引きずった問題に対して、動きが鈍いことは、時代がたっても変わらない。

郵便はがき

料金受取人払郵便

新宿局承認

2525

差出有効期間
2025年3月
31日まで
(切手不要)

160-8791

141

東京都新宿区新宿1－10－1

(株)文芸社

愛読者カード係 行

お名前《ふりがな》		明治 大正 昭和 平成 年生
ご住所《ふりがな》	□□□-□□□□	性別 男

お電話番号	(書籍ご注文の際に必要です)	ご職業	
E-mail			

ご購読雑誌(複数可)	ご購読新聞

最近読んでおもしろかった本や今後、とりあげてほしいテーマをお教えください。

ご自分の研究成果や経験、お考え等を出版してみたいというお気持ちはありますか。

ある　　ない　　内容・テーマ(

現在完成した作品をお持ちですか。

ある　　ない　　ジャンル・原稿量(

名			
買上 店	都道　　　　市区 府県　　　　郡	書店名	書店
		ご購入日	年　　月　　日

書をどこでお知りになりましたか?

.書店店頭　2.知人にすすめられて　3.インターネット(サイト名　　　　)

.DMハガキ　5.広告、記事を見て(新聞、雑誌名　　　　)

の質問に関連して、ご購入の決め手となったのは?

タイトル　2.著者　3.内容　4.カバーデザイン　5.帯

の他ご自由にお書きください。

(　　　　)

についてのご意見、ご感想をお聞かせください。

容について

バー、タイトル、帯について

弊社Webサイトからもご意見、ご感想をお寄せいただけます。

ありがとうございました。

せいただいたご意見、ご感想は新聞広告等で匿名にて使わせていただくことがあります。

様の個人情報は、小社からの連絡のみに使用します。社外に提供することは一切ありません。

籍のご注文は、お近くの書店または、ブックサービス(0120-29-9625)、

ブンネットショッピング(http://7net.omni7.jp/)にお申し込み下さい。

多くの人が、影響を受けた。とんでもない話、消しゴムで消したいのに消せない、強烈な記憶。

死ぬまで、持っていく出来事という、印象。

薬は、もらえなかったために、あちこちで副作用がでました。

「失われた三十年」というけれど、治ることなく続いており、終わりにしたい。

いつになったら終わるのかと思う。一分、一秒でも早く終わらせたい。

「ごめんなさい」という、文字さえない。謝っても、謝りきれないと、思う。

無かったことにされたら、ムカツクと思う。怒っても怒りきれない。

上から、〇〇という、文字が頭に浮かんだ。

未来に、夢や希望を持つのは、消えた。ないものとしている。

暗い未来のイメージしか出てこない。

令和になった、二〇一九年の秋頃のこと、ネットを見ていた時に、突然出てきた。

就職氷河期という、ワードが浮上してきた。

「なぜ、今頃?」という声が、各所で聞こえてきた。

放置されていた問題を、なぜ騒ぐのか、ふと疑問が、出てきました。

耳を貸さないで無視された者たちからの、怒りの声が各所できこえてきました。

「今から、騒がれても困る」「遅い」という。

時間を返して、あの頃に戻してといった声が、きこえてきた。確かに思う。

たまってた、怒りが爆発した。コップの水も、あふれて、床にこぼれていた。こぼれた水は、布でふいても、ふいても、終わりがみえない。ふいても、再び水であふれて、布でふいての繰り返し。

ホースで、水をまいて、蛇口を止めることもできなくなっていた。爆発した怒りは、おさまることを知らない。全てが、目茶苦茶になっていた。

怒りの矛先は、どこに向けていいのかと、思った。

あちこちで、話題になっているのは、知っています。

対策に乗り出したけど、世間がコロナという状況になり、闇に葬られたか？　と思った。

「やりたくない」という声もあるが、一言いいですか？　「待って」と、いいたい。

問題の先伸ばしは、耳にしましたが、逃げ切られては困る。

「なかったこと」に、されてたら困るんだ。どこの誰ですか？　問題を放置したのは？

正面から問題に向きあったか？　ですが、現実に結果が、既に表に出ましたが、どうやって、説明してくれますか？　気になります。

限られた時の中で、生きているのに、伝わらない現実。どうしてくれる？　といいたい。

罪を背負った人生としか、思っていないわけ。

重い荷物を背中にしょって、毎日が自分を守ることで精一杯。

いろんなとこであれこれ、言われて、困りました。何を言っても、伝わらない日々でした。

あきらめの方が、強くなっていった。

もし、自分と同じ立場になったら、どうしますか？　考えて下さい。

「ごめんなさい」「すいません」で終わることでは、ないですから。

目には、見えない、一生治らない深い傷です。残りましたから。どう説明するか答えを知りたい。

運命を変えられてしまった、瞬間をみてきました。語りつくせないほど、辛かったです。

「どのくらいの期間であったか？」と、頭に思い浮かんだ。「さぁー？・」と思う。

「あの頃のことは、忘れたくても、忘れられなくなったんだよね」

恨みは、持ち続けている。やった本人たちは、忘れていると思う。やられた側は、強く覚えているから、怖いけど記憶としてありますから。

「信用」よりも、「疑い」を覚えたのは、確かだといえます。

元々、性格なのか？「信用」よりも、「疑い」という、文字を覚えてしまい、今でも変わらずにいます。これから先も、変わらずいくような気がする。

あとで知ったのですが、上を守るために、下を標的に定めていたという。「アウト」だよなと思った。余計なことをするから、ボロが次から次へと出てきた。当然と思う。

足元の土台が崩れていく

書いての通り、氷河期の問題で、予測不能なことが次から次へと起きた。

基本の土台をしっかりと作るはずなのに、やることすら忘れているように思えた。

一番大事な基本の部分を、しっかりと構築していないのに、省かれたように感じる。

基本となる、足元の土台は、重要である。どこか一つでも欠けたら、大変なことになる。

一つ間違えば、完全に何もかもが狂ってしまう。

何をするにも、一つ目は大事であって、緊張する瞬間でもある。怖さを感じながら、行います。

大事な基本を時間をかけて行い、次の道へと進めるのは、何をするにも同じかなと思いますが、本当はどうでしょうか。

わかって問題を解けたら、次をやっていき、最終的に応用問題にいくようなイメージをうかべてみました。

何回も、やって繰り返す↓基本は、重要なこと。のちにいろいろとつながってくると言えます。大切なことを省略するから、困った。

いろいろをしてくれたので、何年か後に問題が起きていました。

あったことは事実ですから、なぜと思った。

やったことに対して結果が、返ってきた瞬間、やっぱりと思いました。

「気づきました、今頃？」といってやりたくなった。

怖いものだね、人災は忘れた頃にやってきた。思い描いていた結果と違うことになった。

大騒ぎしても、遅い。「あっ！　終わった」といっている。

もしもの時に、いくらでも、やることとは、あるはずなのにと思う。

バチが、当たるということかなと考えた。

「不安でしかない」、との声はあちこちで、きこえた。

止まることのない、時は刻まれていく。「信用」って、何だろうと思えた。

疑うことを、覚えてしまったためか、警戒してしまう。慎重にもなる。声を大にして、いいたいのはあります。

「謝罪しきれない程、苦労してきたんだから」

氷河期の問題は、多くのつめあととして残っている。一体どこから、手につけたらいいのか？　わからなくなってきている。まぁーそうでしょうね、といいます。

各方面にも、広がったとみている。

暗黒の時代を過ごしたことしか、覚えていない。楽しかったとか幸せと思える時があるのかと、きかれたら、「?」とか「いつだっけ?」とか、いう。

楽しみだとか、何が幸せなのかと、きかれたら、答えはあります。でも、いうつもりはない。自分の楽しみは、自分だけでありたい。

一人で、誰にも何もいわれることなく、楽しみたい。「奪われたくない」、本気でいつも思っています。

幸せそうなイメージが、いつもないという。なんでといいます。ありますけれど、人に語るつもりは一ミリたりともないです。

話をしたって、「へぇー」というから。興味を示すかどうかなんてのはわかりません。人次第と思っています。

いろいろと、書いていると、何も楽しみがなく、どうやって普段生活しているのか、全くわからない。「?」浮かぶでしょうけど、構わない。個人的にいわない。

人のイメージっていうのは勝手で、わからないことも存在する。本当のことは知らない。本人にしか、わからない。

聞かれたくない質問をされて、「答えないこと」に、不満を言うのは、困ります。本当に、必要ないと、思っていますから。

伝えることをしても

発達障害の診断から、何年か過ぎていき、これが暗闇から抜け出せたきっかけでもあった。

特に、何か変わったかと聞かれても、「?」とか「うーん」という感じで、特に何も浮かばないのですが。

びっくりした声が、きかれたのは確かでした。

話のしかたが、変わったという、珍しいパターンはあった。ごく少数ですが、いました。

自分自身では、とくに意識はしていませんが、意見だと思っています。

どこまで認知されてるか知らない。「あっ! 知ってたんだ」と、思っていました。

見かけだと、障害がわからないという悩みもある。

自分から、診断された事実を伝えることで、解決している。自分から動かないと、何もおこらない経験は、幾度もやっているので、要領はわかっている。体に、しみついている。

何回か、繰り返し行うことで、理解されました。

「どこが、発達障害なの？」と、首をかしげられることもありますが、難しいと感ずることが多い。

今も、これから先も、ついてまわる。切っても、切り離せない事実、どのように伝えたらいいのかと、日々考えています。

本当に、みかけだけだと、何もない人と同じ判断をされる。難しいの一言です。

難しいがゆえに、あちこちで誤解されること、多々あります。

発達障害と知ってから、世にいろいろと情報を知られたのは、どの程度のことなんだろう。

まだまだという声も、他方面からきかれるけど、本当にいえること。

何年か前は、知らなかったのに、突然出てきて、「えっ！　何？」というのが、出てきた言葉だったからだと思います。

毎日が、生きていくだけでも、精一杯なのは確か。

いいたいけれどいえない、知られていないだけでということだろうか？

どのくらい前かはあったのか、詳しいことは知らない。有名な方で、公表した人の話きくと、「あっ！　もしかして」とか、「確かに、あてはまる」と、何度いったことやら、数知れず。知られると、小さいことでも、「もしかして、自分が」という、思いにかられる人が、いるらしい。

診断された、何もない人との境界線が、はっきりとしていない。「どういうこと?」と、思っている。謎ばかりが増えている。

日々、いろんなハードルに直面するけれど、これから先も、あるだろうな、越えなければならない問題が、と思っています。雨のように降ってくるといえる。

大事な時の頼み

日常生活の中で、困る場面が出てくる。いかに負担を減らすかが、課題である。スマホ・PCは、必須な道具。

例えば、スマホにあるメモ機能を利用して、買うものを入力。紙のメモだと、忘れる確率が高いことを知っているので、自分なりの対策を行う。紙で書くのが、スマホに変化しただけ。

店に行った時、入力したもの確認して、必要なものが買える。

元から、「時の記録」「外出ノート」を準備して、書いていたので、メモして残すということに対して、抵抗がなかったから、スムーズに行える。

PCは、もとから興味があって、使いこなせたらかっこいいという、強い憧れを持っていた。最初触れてみると、難しさはあったが、何ごともなくやれた。誰もが、初心者。覚えておけば、苦労することは、何もない。あとで、困らなくて済むから。やれたら、かっこいいものと、思った。一生、役立つし使える。

時の流れと共に、いろんな機能が加わって、話をきいても、「?」とは、思った。

一回だけ、自分で実際にやると、わかる。話をきいても、わからないから、やってみるに限ると思った。いつも、学ぶことばかりと思っています。

「習うより、慣れろ」ということの実例。何でも、やってみる。共通していえることでしょう。

進化を続けるのは、変わらない、新しいことの連続。いつも目を輝かせている。楽しい。
スマホも便利ではあるが、使い方は常に注意する。時間に気をつけることは、大切です。
時と場合によると思います。これから先も、続いていく。

平日の朝のドタバタする時間、一分一秒が闘いであり、タイマー機能を設定し、過ごしている。時間との闘いには、なくてはならない存在。

スマホとPCのアプリに、共通するものがあるから、使い分けをする。両方とも、なくなったら困る存在。切っても、切り離せない関係。大事な情報も入っているから、本当に使う時は注意したいです。

ちなみに、スマホのメモ機能は、買うものを入力しておき、家電を買う時のサイズ・気になった言葉の意味・歌のタイトルなど、覚え書きしておく。紙のメモだと、書いておいて、忘れることも考えられる。失して、騒ぎ、探すよりは、効率がいいと思う。

他の人から見たら、「何やってる?」と、いわれそうなことを、回避するための方法として、行っています。

解答を、自分で作っていると、いえる。

依存症に、ならないように注意している。

依存症になると、様々な問題が出てくることは、知った。抜けられないと、深刻になる。

詳しいことはわかりません。「〇〇依存症」、きいただけで怖くなる。

なったら、やめられないというが、想像できない。とり返しのつかない状態になってると、思ってるから。

結局のところ、どうやって使うか、考えておくことが必要になる。

スマホとPC使って、長・短所あるけれど、それぞれ補ってる部分もあるから、紙一重の関係ともいえる。

スマホは、使いますが、小さい画面を見るのに苦痛を感じている、はある。PCだと画面が大きいから、楽と思っている。人それぞれですが、自分自身の意見です。

反対に、PCだとやれないことがあり、スマホを使うという、対照的なこともしている。

使い方次第であると考えています。

長・短所とは、うまく付き合っていくと、よいと考える。

忘れてはいけないものが、ある。意味のわからない言葉を探すのに、辞書を使う。スマホ・PCもよいが、結局、紙媒体の方が、探すのに見つける喜びを楽しめる。すぐに、見つかるから、よいと思っています。

電源入れて、言葉の入力より、ページをめくってみつける方が早い。あとは、記憶に残る。

紙ものも、使い方次第であり、消えることはない。ペーパーレスとか、いわれる時代ではあるが、辞書は必要で、常に置いてある。

すぐに、引くのに使えるから、大切にしたい。

紙は、あたたかみがあるから、よいという。本当にその通りだと思っている。

何年もあるから、強いと、考える。

辞書も、新しい用語がでてきて、消える用語もあり、時代に対応しているとのこと。

時の流れと同じだなと、頭に浮かぶ。

どれ一つとっても、いろんな歴史があってできたもの、大切な存在。大事にしていきたい思いは、強いです。

消すことができない事実でもある。

歴史は、すべてを物語るということなのかと、思っています。

大切な記憶の中で

現状況の起きる前に、あちこちに行った。行くからには、費用が発生することはわかっていた。行ってみる価値はあると思っていました。

ネットと、ガイドブックをみて、さらには地図帳を眺めていました。

計画している時から、既に楽しくて仕方がなかった。

頭の中で、想像するだけで、顔のニヤニヤがとまらない。

何をするのにも、楽しくしているのだ。

ストレス発散の位置づけの役割も果たす。

普段と全く違うことを体験するのに醍醐味がある。

目的は、特に決めずに、自分の体全体で感じること、今ある景色を全て見ておこうと、いつでも思っていました。

はじまりがあれば、終わりはいずれやってくると、いつも心の中で思ってた。楽しい時間は、「あっ!」という間に、終わるらしい。

どこかで終わりを告げるから、充分に楽しむと決めてた。何年たっても、忘れない感覚は残ってます。とても楽しい記憶としています。

あの頃の記憶は、いつでも強く残っており、懐かしく思う。遠い過去の出来事としてもよいものであることには変わりはない。色褪せることもないから、最高と思う。

大切なんだ、忘れてはならないと気づかされたのであった。流れていく時間の中で、たった一つのかけらなのかもしれないけれど、宝物である。

誰にでもあると思う。心の中の奥底にしまっておく。

話が脱線してしまいましたが、出かけてる時は楽しい。どこへ行くかは、いろいろと比べてみて、決めている。泊まりの時も、いえる。

遠回りになったが、「旅する」とか、「近場にいく」ことをいう。どうしても、普段やれないことをするから、楽しい。

計画の時は、調べて「あれこれ」と、頭の中で考えるが、実際行くと、突然違うことをすることはありました。現場で変更するのは、あった。

目的のないお出かけは、本当に楽しくて仕方ない！　いつでも思う。

行動パターンは、特にない。現地へ行って、景色をみることが、目的。

天候に左右されることは、ある。天気が悪くても、「悪い」と思わずに楽しむ。想像する。


日記につけた、天気を見ると、傾向をつかむことも目的としている。

完璧を目指さず、さっと目を通すだけにしている。

地球温暖化の影響で、天気の予測をするのが、近年難しくなってきている。

気候が、変わってきたのは、常に感じていた。

出かける前は、体調を整えることも大事ではあり、天気も大事になってくる。

天気予報を確認して、出かける一週間前は、特に気にする。突然、出かける前日、予報が見事に変わるから、「あれー」と思ってしまう。こういうこともあるから、と、言ってた。文字通りの天気屋とは、いうものだと感じた。

実際に、天気屋という人はいたが、あてはまると感じた。距離をとって、必要なことがいは、言わないまたは近づかないようにしています。全てが計画通りにいかない方が、多いのは、普段の生活と同じと思います。

旅に、ハプニングはつきものであり、本当にそう思う。ハプニングすら、全てが楽しいから、よいことにしてる。とにかく、いろいろありますが、すべていい思い出です。

出かけるから、費用はかかるが、得られるものもある。

「天気は悪かったけれど、念願だった場所にこられて嬉しい」「晴れて、よかった」といろいろな感想があります。

いろいろ見て、体全体で感じることを、覚える。時間がたとうとも忘れない。

旅の終わりは、寂しさを感じることもあった。「あ、終わりか」という。

出かける時に、常に唱えていることがある。「何もなく、終わる」、当たり前のことではあるが、いつでも言っている。

いつ、予測のつかない出来事が、くるのかもしれないと常にいいきかせていた。当たり前が、当たり前でなくなる。「いつまでも、続く」とは、限らないと、日頃から頭に入れて、動いていた。

出かけるといっているが、泊まりもある。旅と言っている。「旅行」といってもいいが、「旅」の方が、かっこよく聞こえる。

Googleマップと地図帳で、いきたい場所を確認する。地図帳は、手元においてあり、いつでも見られるようにしている。眺めるのが好きで、調べる時にも、利用する。日本／海外版を同時にみたいので、一冊になったものをみているが、「飽きる」という文字とは、無縁です。

楽しくて仕方がないのと、旅した気分になるから、いいと思える。夢がみられるから、地図帳はいつみても楽しい。

ストリートビューで、実際に眺めて、感覚をつかんでおく。何も考えずに、三、四回みていたら、覚えてしまった。

全く知らない場所を、何回も見ると、印象に強く残る。現地で実際に眺めた景色と同じで、「本物だ」と感動してしまう。

山・海・都市という場所は、関係なく感動する。実際に、自分の目で遠くまでみることが、新鮮である。

同じ場所に行って、感動することさえある。一回行ったら、終わりでなく、何回でも足を運んでみたいと思わせるほど。

好きな場所ということが、一目でわかります。

「住んでみたいか？」といわれると、違うといいます。旅するから、よい所と、思っている。テレビで、好きな街が出てきて、「あっ！　行った場所が映ってる」と思う。

知らない所はたくさんあるが、実際に現地にいくと感動。映画で見てた場所と、「同じ」というだけで、嬉しくなります。

一場面ごとに映っていた場所、建物がそのままある。小さなことではあるが、本当に感動します。行ったからこその感想です。

同じ場所へ行って、遠くまで眺める。いろんな歴史があって、時を刻む。ほんの一瞬の出来事のように思っている。

写真に、残すことで記録していき、アルバムをみて、懐かしい感動が、再び鮮る。

一生、残しておきたい、大事な記憶。

全く知らない場所に行った時に、どこかで同じような光景に出会った。全く違うのに、「似てる？」と、錯覚した。実は何回も、経験しています。

何回もみていた写真を眺めているうちに、自然と覚えてしまった。体に、染みついていると感じた。

なぜか、強く感じる。「なぜなのかは、わからない」

いつ何どきも、全く関係なく起きている。

何回もいったことのある場所を「ボーッ」と眺めていた時、「〇〇に、似てる」と、即座に頭に浮かぶ。「〇〇」とは、場所のこと、「錯覚」かと思えたが、印象強く思えた。一回見ると、忘れられないのか、月日が経っても覚えてる。記憶に、「はっきり残る」。楽しかったから、よかったということになる。

スマホ、デジカメの二つを使っていたが、それぞれの特長を理解し、使っていた。片方でもいいけど、二つを使うことが大切。困った時のために、利用する想定をしている。何かあったら大変なので、利用できるものは、利用する。ただ、デジカメはその後使わなくなり、スマホ一つにした。

ミニアルバムを何冊か用意して、旅した時の写真を入れて眺めていて、楽しい。時間があると、軽くみています。有名な人もいます。

歴史的に、非常に貴重なことであったりして、手の届かない存在になっていて、「えっ」と驚く情報もきいた。

この世からいなくなったのをきいて、びっくりした。いつの間にという、思いがあったのだ。活躍している姿を、テレビでみていて、何度も名前を覚えた。

知らない間に、情報が消えていた。再びきいた時は、時既に遅しだった。

その後のことをいろいろときいて、驚いた。

遠い距離でありましたが、本人をみることができて、写真もとれた。同じ時間・場所を共有できるのがよかった。

何年たっても、忘れられないことであります。一生の思い出といいます。

いつでも、眺められるようにという思いから、はじめた。スマホで写すことにしました。

スマホに入れるにあたり、準備はしました。

写真は、どのくらいの枚数かわかりませんが、捨てた。あとになって、どのように捨てたらよいか、迷うと判断したから、やれる時に一気にやりました。

やった時の感想、「とても疲れた」、あとはアルバムに写真を貼りつけても、みるのか？という、疑問もあった。

結果が、「みていない」という状況になり、減らす行為へ続いていった。

枚数を減らして、みています。調べものをする、程度になっています。

体が動ける時に、やっておく方があとあと楽です。

見たくない写真もあり、捨てたい気持ちは、あった。早く捨てたいという気持ちが強いときに、行うことが大切だと思っていた。

アルバムを捨てたと書いたが、場所を占領していて、見ることなんてなかった。あったとしても、突然思い出したかのように、開いていた。重くて開くのさえ、嫌になった。「いつのだっけ？」なんて、いったら、キリがない。様子を見ながら、少しずつ行い、減らしていきました。

場所を占領していたアルバムは、完全に姿を消した。なくなったことで、余裕ができて、楽になった。

ミニアルバムに、変えたことで、写真を見るのにわかりやすく、探す手間が省ける。

スマホにも写真は残してあるが、非常用としてアルバムを残す。

調べものをするのに、どっちがいいと考えたら、アルバムを選ぶ。スマホもいいが、電源入れて、アプリ開いて、探すとかで、時間がかかる。

紙とデジタルとの関係は、長・短所出てくるが、うまく使えばよいと考える。

もう見ることができない建築物も実は、写真に撮っていた。残してある、貴重なもの。大切な宝。早く行きたいけど、我慢の状況。必死に堪えている。自由になりたいと、待っている。

「行けてよかった」の一言が、いえる。好きな場所。夢があって、元気をもらいたくていく目的も兼ね備えている。

楽しくて、仕方がない。実際に行ってみた、テレビでみた。近くに住みたいと、思えた場所。「写真に残して、おいてよかった」と、いつでもいう。

外では、スマホで楽しみ、家では＋アルバムとしている。歴史的瞬間を残す癖は、ついているので、よかったと、思える。

国内・海外、制限なく早くいきたいと願う人々がいるのは、わかっている。

コロナ前、あちこち出かけていた時に、気になっていたことが、いくつかあった。

一つ目に入ると、他にも目がいってしまう。「?」だったり、「いいのかな？　これで」と、思う場面をみてきた。

写真をとっていた時に、楽しくて、ワクワクしていた。ガックリする光景も同時に、入ってくるから、複雑だった。「首をかしげてた」、「えっ⁉」「いいのかな？」と、口癖になっていた。「いいわけがない」、といつでも言っていた。

コロナと共存で、海外との道は開かれ、元の姿に戻ってきた。

出かけた先での、光景として

日帰り・泊まりで、出かけた時、普段よりは、多くの人とすれ違う。人の多い所へ行くことは、問題ありません。

一年に、何回か行っていたら、慣れてしまい、大丈夫になっていた。訓練したわけではなく、積み重ねかもしれない。覚えたとでも、いうものでしょう。

自分で、企画したから、楽しくて仕方がないのは本音です。目的もあるから、いろいろ考えられる。

日帰り・泊まりで、旅をしていて、楽しい。前ページで述べた通り、気になる場面も見てきた。

見る度に、ただただ「うーん?」「あれっ!?」の連発だった。

はっきりと覚えているのが、二〇一〇年代、人の多さに気づいた。戸惑いを感じていた。

観光立国という頭に「?」が浮かぶワードを、聞いた覚えがある。

どこへ行っても、あちこちに「人が大勢いるなぁー」が、はじまりだった。

知らない間に、「どこからきた?」という人々がいて、びっくりした。いつの間にか、多くなっていた。増えすぎと、感じていました。

日本が、旅行先で人気なのは、知っていた。少しずつ人が増える方が、いいのに、急に増えてた。想像以上のことだった。

時として、自分の家の近くにも来ていた。「えっ!」と、思った。

テレビ番組で、日本についての特集が、組まれていたので見ていた。

知らないことばかりで、正直な感想、面白いという一言に尽きる。

反対に、海外の特集も、注目していて興味が湧いた。

日本という国は、異文化で、面白い場所で、何回もいっても、飽きるという文字が、ないそうです。確かに旅先としては、よいと思う。

住んでいると、当たり前に感じて、他の場所からくる人々は魅了されるらしい。

反対のことも、ある。日本から、海外へいっても、同じことがあると考えている。

日本は、治安がいいという。だけどひとたび事件が起きると、怖いと思ってしまう。

ただ、治安の良さも、「?」がついていた。「うーん」と思っている。「安全?」。「ここ、どこだっけ?」と、考えてしまう。知らぬ間に、言っていた。

用心するに越したことはない、完全とはいえない。

自分の身は、自分で守る、キホンのキは、変わらない。どの場所へ行くにも、共通することと考えます。

旅行中に、人が多い状況は、月日がたつと慣れてきたが、気になることが、いくつかありました。言いたいけど、いえない。もどかしい気持ちが、ずーっと残ってた。

「常識」「普通」と思うことが、場所によっては通用しない。普段と同じではいけない。どこへ行くにも、大切にしている言葉。家を出た瞬間から、全てがはじまる。

出かけた先へ行くと、緊張も不安も楽しみも全て入り混ざっていて、終わるまでは、無事を祈る。何があるかわからない世の中ですから。

興奮していて、何するかワクワクの状態、心臓ドキドキ、楽しくて仕方がない。

いつもと違う、一分一秒と刻む時の中で、いかに楽しく過ごすか、いろいろと想像しています。

実際、旅することは楽しいし、自分の目で一つ一つ見える光景を、眺めていく瞬間は、最高のぜいたくとしか、表現できないのであります。

世にいう、充実した時間の過ごし方をしてると、思っている。本当にいえる。忘れられないから。

楽しいけど、驚く場面が、目に入ってくる。

好きな都市に行った時に、特に多かったが、今でも覚えている。

人の多さはいいとして、街の独特の雰囲気というものが、好き。何もしなくても、ただいるだけでよかった。

神社・仏閣にも、訪れていたが、いいなと思う。

独特の雰囲気を楽しんでいた時に、びっくりする光景が目に飛び込んできました。

街を歩いていた時、賑やかな様子はわかっていた。大きい声で話をしている人達がいた。話をしているのはいいとして、気になっちゃうので、何回も言いたくなった。

場所が場所なので、思っていました。

せっかくの雰囲気を、体全体で味わっているのに、一気に壊れていくから、台無しにされると感じました。

禁止なのにルールを守らない状況を、いろいろ見てきた。

マナー＋環境という問題が、重なったと思っている。騒音？　まで、プラスされたのではないかと思いました。永遠に語られる問題と思います。

いつも、出かけ先で、遭遇する光景であり、「観光立国」の文字を聞いた時期に何度も見たけど、忘れられない光景でした。

場所は、関係ないけど、どこにでもおこりうる話。「ここ、どこだっけ？」と、思わずいいたくなるような状況を、何回も体験していました。さすがに、考えてました。本当にいいのかなと、思いました。

景気の話をされても、いいかと考えると、果たしてと思う。肌で全く感じないけどなぁー。もう何十年も感じてないといいます。貧しくなってるという方が正解ではと、日頃から、考えていました。「不景気」という文字が、浮かびますね。

「平成」から、「令和」の時代になっても、人の多さは変わらない。「観光立国」の言葉まで、出てきた。「何？」。

今まで、聞いたことないのを耳にした時、なぜと思った。人の多さで、ゴミ・騒音・景観という問題が出てきた。環境が壊される話も耳にした。

観光客の多さが、急激だったから対応ができなかった。恩恵をうけた話も耳にしていたが、困っていた話も同時に耳にした。

急に増えすぎなのを見て、対策を出してたか、はっきりしない。あちこち出かけてた時、「えっ！」の連続だった。見ていてあきらめモードになっていた。

「爆買い」が、流行語になっていた、二〇一五年は、はっきりと覚えている。どこへ行くにも人だらけで、「いるー」なんて、何回もいっていた。人ごみはいいけれど、どうする？と考えている。避ける方法を考えてました。

ビザが緩和されて、日本へ旅行するのにハードルが下がったときいていた。ついにというのが、感想です。

海外から、大勢の人がきたのなら、日本人もまた海外へ行くし、いろいろな目的はある。肌で感じることは大切と思う。

あとは、実際に現地に行って、自分の目で見る目的も存在する。長・短所あるけれど、人それぞれだと思います。

景色が気に入り、住む人までいる。いろいろある。

人の多さに、どこかでピリオドを打たないと、困る。問題がエスカレートすると、感じた。

平成↓令和へと元号が変わった二〇一九年も相変わらず、何事もなく過ぎていったのだ。歴史的な出来事ということらしい。

前にも書いたが二〇一九年末、泊まりで旅をしていた。東京オリンピックがあと、七か月後にせまっていた時、あちこちで看板をみていた。個人的にも好きな東京、オリンピックか？

テレビで、二〇二〇年は東京オリンピック開催といってた。

「七か月後に、オリンピックか、実感ないんだよな」が、本音。

「時代が変わる」と、思っていた。

「二〇二〇年の七月、どうなってるかな？」と、頭の中で想像してみるも、全く浮かばない。

「見にくる人が、大勢いるんだ」「東京へ行くの、大変かも」という、想像の方が、容易でありました。

「夏に、出かけるのは、難しいなぁー」「やめるか」などと、いっていたので、避ける方法を考えていた。

「オリンピック、うーん」、いろいろ考えてた。

旅は、二〇一九年内に行ってきた。明けて、二〇二〇年一月になりました。「東京オリンピックが、半年後に開かれる」が、現実になってきた。

二〇一三年、オリンピック開催が東京に決まった時、「七年後ってどうなってる?」想像できなかった。一九六四年のオリンピックの映像をみるが、知らない。歴史の漫画と映像、みてた世界。

高度経済成長という、時代だったらしい。本当?

映像でしか、みたことがないニュースであり、歴史でも伝えられている。今回が二回目のオリンピックといってました。

二〇二〇年の正月、「今年はどんな年になるのかな?」と、首をかしげた。いつもの年明けが、一月の何日だったのか不明だが、疑い深い情報を耳にした。

「コロナ」であり、日を追うごとに、とんでもないことになった。

現在の状況の始まりであり、何が何だかわからない日々。原因不明で、普段の日常の光景が、一転して消えました。

一年でめまぐるしく変わってしまった。騒ぎは、少しずつ大きくなり、世界中がまきこまれた。正解を探すすべもなく、何をしたらいいのか、わからない。

突然のことに、変化を迫られた。始まってしまったパンデミック、我慢を強いられる。年単位の覚悟も浮上してきた。何もかもが変化した。

自由に、出かけられなくなった。

日本が先進国というより、後進国という事実が知ったのでありました。時間の問題と思ってたがついにきたとも言った。

姿がわからないけれど、今までの日常をおびやかす出来事が、表にあらわれた。現実になっていきました。

最初は、おびえていたけど、月日と共に冷静になって考えた。

今まで、全て順調にいってたことが奇跡であった。

わかったことがあって、人柄がでることを知り、予想通りでした。

パンデミックが早く終わってという、願いはあった。引きこもりの人達の気持ちが、わかったという。なぜと思いました。

無駄なものが、多かったことの反省として出たそうだ。

全てのことが、崩壊した瞬間であって、強いものを覚えた。

「変化」を求められていたが、ついに「新しいこと」を受け入れるしかなかった。

話に、耳を傾けてきかなかった結果とみた。

神話の崩壊の始まりにしか、過ぎないと思っていました。

突然きて迫られた変化

二〇二〇年、突然いつもの光景が消えた。二〇一九年までが、全てうまくいってたことが、懐かしく思える。過去のものとなってしまった。

初期を見ていても、「?」としか思えず、不安だった。

突然に現れたパンデミックは、次から次へと変化する。姿が見えない。

何をしたらいいのか、問題を読んでも、答えが見つからない。

いつまで続くのか、予想もできなかった。

「寝耳に水」で、人々はパニックになりました。

突然の事態に、困り果てたことは、記憶に新しい。忘れるわけがない。

「まじ？」の、連続の嵐でした。

目茶苦茶すぎるって、思ってた。パニックが、さらに大きくなった。

悪いことだと思えたが、全てのことの、見直しのきっかけになった。考えさせられた。

不要なものを減らす効果につながった。

いろいろと、中止になっていた。今までの人生の中で、一番危ないと感じていた。長期休みもどうするか考えていて、ゴーストタウンになり、静かだった。怖かった。

世界が、まるっきり変わってしまった。不安だらけの中、日々、時は止まることなく過ぎていきました。

今までにない、危険を感じていた。みえない敵にどう戦う？

頭の中で、予想していた、人生最大の危機が、足音もたてずにやってくるのを感じた。

いつかは知らないが、「やってくる」と確信してた。本当に、きたと感じていた。

日々、追われる対応に、ついていけない現実をつきつけられた。

今思えば、2020年という年が、すべてを物語るといえよう。

誰もが、予想しなかった突然の出来事に、戸惑う。経験したことがない、未だかつてない話題。のちに歴史に語りつがれるはず。もしくは、伝えられる。後世の記録として、残るであろう。「最悪のシナリオ」では、ないか？　と思っている。

マイナスの話ばかりきいてたが、プラスの面もあった。いろんな方面で、あったようですが、変化のきっかけだと思った。その一例がキャッシュレスだった。

やりはじめたきっかけが、現在の状況であった。新たなことをはじめる機会ができたともいえる。起きなかったら、知らないでいたと予想する。

スマホ一つで、行える。現金のみの対応の場所もあるけど、やってみると、「あーなるほど」ストレスを感じない。楽だった。早いからよいなぁー。

最初は、「？」ばかりの連続であったが、コツをつかむと簡単。慣れてくると、言ってしまった、「なぜ、もっと早くやらなかったのか」。いろいろやるのも、経験ですね。

ＩＣカードも、所持しており、使っている。

カードやスマホの取り扱いを、注意しましょうとしている。紛失しないこと、スマホはとくに個人情報のかたまりなので、気をつけるに越したことはない。

場面によって、使い分けをしてる。それぞれに対処すればよいので、慌てないで行います。現金を使う場面も出てくるので、持ち歩いています。

非接触が、叫ばれるきっかけにもなったなと感じるものでありました。

慣れすぎて、現金を出して支払う場面が減った。

スマホかＩＣばかり使っていて、店に実際に行ってると、必ず一回は、出くわす場面がある。

ある店で買い物をしていた時のこと。レジで会計をしていた時、すぐに終わりました。後ろの人が驚いてる。「えっ！　もう終わった？」とか、「現金で支払わない？」「どうやっているの？」と、高い確率で見ている。首をかしげたのを、見たこともあった。不思議がられていたけど、なぜと思っていました。いつでも、見てる人は相変わらずいますねぇ。

一度、覚えてしまうと、前の世界には、戻れない。現金での支払い、場面によっては、ストレスを感じている。キャッシュレスが進むのは、賛成であり、嬉しくなる。

ただ、完全に現金が全くないと困る状況は、存在する。うまく使い分けをすれば、よいと考える。災害という、避けられない状況もありますから、頭にいれています。

いざというときには、必要です。忘れません。

災害というのは、いつくるのかわからない。突然やってくる。非常時に、備えておくことは大事。便利なものに頼っていて、災害がきた時、使えなくなることがある。無力と感じる。痛感する、情けないと思えるかもしれない。ポイントカードも実は持っている。場面によって使いわけをする。

アプリにポイントカードを入れて使ってることもある。

都合がよくて、財布の中を探す手間が省けていい。悪い面もあるだろうけれど、今のところ思いつかない。

現金を触りたくない思いは強く、キャッシュレスかICカードを使う割合は、いつの間にか高くなったと感じた。

レジで列に並んで、会計していると、人ってなぜか、「じーっ」と強くみている。何なのか気になる。聞いてみたくなることはいつもある。

必要な分だけ、入金して支払いをして、行うが、問題なくやっている。合っている、と思う。

今のまま、続けていくのは、変わらないと思います。

すごいタイミングできたと、思う。偶然にも「変化」を迫られた場面が、できたと考える出来事としている。

タイミングを狙っていたので、やらないで終了するパターンは、あった。

パンデミックをきっかけに、行いましたが、何年も先に続く話ではないか？

終わりが見えない中で、時の流れは止まることがない。

どうやって、過ごしていったらいいのか、本気で考えていて、やれることもあるとわかってきました。

人との距離をとること、実際にやりました、もう慣れてしまいました。癖になりました。

一度行っているから、この先も抜ける感覚はなくならない。

人と距離をとる、きっかけになりましたし、今後も続いていくのは、ホンモノなのだろう。

行事・イベントでも、いる・いらないが出てきたので、詳しいことはわからないが、いよいよ出てきたんだ、と思います。

ストレスを抱えていた人間関係も、軽くなったという声をきいて、どんなことなのかと、思っていた。

苦手な場面が減った、他にもいろいろあげられていた。

一回見直す機会が、突然与えられて、出てきた結果。本当はいいたくても、いえなかった。

「うつ」や自殺者も、増えた現実もあった。困難な局面ではあるのは、確かな話。

集団の中にいて、一人だけ違うことをすると、「変」だの「浮いている」といわれた。いるでしょ。違うことをする人、あれこれいっても意味ないと思っていた。

自分にとって、昔の記憶は、鮮明なので、忘れることは一ミリたりともない。

本当は声をあげていいたかった。「変化すること」と。

二〇二〇年に、何の予告もなく突然きました。変わってしまったが、波にのらないと取り残される。

初めどのくらいの時か、覚えていないが、辛さがあった。どこからか、ある時、ふっきれた。好きな歌をきいたり、動画をみたりした。人の話をきくより、歌をきく方が元気になれる。

お気に入りがあると、三回歌をきくと、覚えていることがある。全く歌詞わからないまま、好きできく。

覚える感覚は全くなく、何回も繰り返すことで、自然にできたパターン。耳できいたあとは、勝手に雰囲気をつかんでと、やるのみ。好きだから、できるのかもしれない。

映像が加わると、一気に覚えるのが早い。

あと、メロディーだけはきいたことがあって、誰なのかは知らないのに、テレビでみて、知った時は嬉しかった。

全くきいたことがないのに、なぜか知ってたという、奇妙なことがある。どうしてなのかは、実は知りません、気づいたらきいたことがあったというだけ。但し、全部というわけではなく、ほんの一部とだけいっておく。

人の話って、きいていても、「?・」「うーん」と思っていて、長いと、限界を感じる。内容が、頭に入ってこない。ひびかない・伝わってこないという感想がある。いってることが同じことの繰り返しの連続ばかりで、疲れちゃうのがある。ストレス感じる。

歌詞だと、読んでいても楽しくて、「うんうん」と共感できる。場面も想像できるから、良いと思ってしまうのです。

話は重いけど、歌だとメロディーがあり、背中を押してもらってる感が、強いから好き。書くことも大切であり、歌は長年きいてる。好きなのを選ぶとしたら、難しい。たくさんあるから、決められない。どれか迷う。悩んじゃう。いつでも、はげまされるから、本当にいい。とても好きでたまらない。

もっと変化する、何年も

二〇二〇年のパンデミックから、時は流れていた。

突然、つきつけられた「変化」は、これから先も続いていく。前に元に戻りたいとは、思わなくなった。

人との付き合いは、何かと衝突がつきもので、避けて通りたい。できれば、かかわりたくないと、願うほど。

「ぶつかる」という文字を知っているから、深く入らないように、日頃から注意しています。

コロナをきっかけに、人間関係に対する不満が、あちこちで出てきた。

内容はわからないが、きいてみると複雑であることがわかった。

声を大にしていえるようになったことは、いいと思えた。

本当は不満だらけで、言いたくてもいえない環境だった。言うと、問題ありという雰囲気がある。何もしなくても、伝わってしまう状況。

一人で、旅をするといえば、おきまりの台詞が必ずあります。

「独りで寂しくない？」「大丈夫？」などと、いうのだ。

「なんで？」「どうして？」と、いわないが、頭の片隅に浮かんでくる。

ずっとやってきてるのに、どうしてと思った。

「寂しさ？」とは、考えてみたものの、「うーん」、何かありましたか？

写真を撮る時、現地で通りかかった人にお願いしている。頼まれたらやってるから、問題なく解決はしています。不便を感じることもありますが、わかったうえで、行ってます。

写真を撮る時も頼む側、頼まれる側に対する礼儀作法は、何もしなくても、学ぶ場の一つでもある。一言「すみません」とか「ありがとうございます」は、いってました。礼儀とか、マナーだと思っている。やっていたことで、生まれたマナーと考えました。

正しいか悪いかは、わかりませんが、相手との接し方は、大切と思います。

「独り=寂しい」は、確かに良くも悪くもある。

「孤独」まで、想像されると、びっくりする。ますます、混乱を引き起こす可能性があるから、やめることにします。

なぜ、今になって不満をいい出したのか知らないけれど、ストレス抱えていたのは、わかってきました。

「一人で、旅する・出かける」は、パンデミックが続く状況でも、やる人はいる。「変」では、ない。もともと、好きなのであろう、と思う。いいのでは、ないかと感じる。

どういった考えなのか、わかりませんが、答えを知りたいねと、いつでも思う。

やっと独りでいることに対する、ハードルは下がってきたことに対しては、大歓迎である。偏見もないから、よかった。

溶け込んでいるので、よいとは思えていた。

「悪い」と考える理由を知りたい。解答を聞いてみたい心理は、ある。

「いい」「悪い」を知り、選んだ事情もあるので、「なぜ?」なのか、最初に聞きたい。

人それぞれ、色々あるけれど、否定しないでといいたい。

「運命の糸」の話をきくと、偶然って、凄いと思っている。奇跡なんだろう。

あちこち、自分一人で出かけたので、知らない間に、学んでいることが多い。実践で、ありります。

本当の学ぶことって、無限にある。何よりもマナー・作法を覚えていた。勉強することばかりです。

正解・常識は、いらない。

教える・教わるではなく、何もしなくても、学べる。

確かにあちこち行くことを覚えると、誰かと一緒に、動くことと違って、明らかに差があると、強く感じてしまいました。

「○○といると疲れる」と、初めてきいた時に、「?」、次に「何ですか?」と、頭の中でなっていました。

意味もわからずに、理解もできずにいました。聞くにもきけないから、黙っていました。その後、本当の意味がわかり、納得はしていたが、ストレスを感じた。

「疲れる」と理解できたなら、失くすのは完全に、難しい。軽くする方法を生み出すことに徹しています。

人間関係のストレスはあるもの、切っても切れないから、対策を考える方が早道としています。

人対人で会話をすると、想像つかないことがある。相手の顔色をうかがう様子が、勝手に浮かんできています。

楽しく喋っているのをきくと、話の内容はわかりませんが、雰囲気はよいので、黙っています。

首をつっこんで、話の途中に割って入って、きくつもりはない。相手に失礼ですから。

話題を振られたら、どうしようと思って、怖くてそのままでいる。簡単なようだが、頭の中でグルグルと考える。

黙ってきくに限ると思うこともある。喋るのは、注意だ。人との会話って、常に恐怖心が強くて、一秒たりとも油断できない。緊張する。

何人かでいるのが、「苦」という文字が浮かぶほどに感じています。

「独りの方が、まだマシ」な気持ちが、強い。

集団で動くのが、苦でたまらず、思い出したくない。「記憶」という名を消しゴムで、消したい。

本当に消したい。要らないと思っているから。

一人でいることと集団でいる、どちらがよいのか、正解はない。

人それぞれが、合うやり方で、やればよいのでは？　と思います。許す・許さないという二者択一は、やめてほしいと切実に願う。わかってほしい。

本当はいいたいけどいえない、いうとあとが困るからな、取り返しがつかないことにもなるから、控えておきます。

さらには「?・」が浮かぶ。「人に合わせる」、いい出したらキリがないのは、知っている。

誰かのご機嫌をとってまで、いい顔をする必要があるのか？　と思う。

「いらない」「必要ない」の方が、正解だと思う。

パンデミックを境に、人との付き合い方・距離のとり方が話題になっており、元からあったものだと思う。3密ともいいますから。「面倒」という文字は、浮かんでくるさ。

人生の前半で、暗黒を強く感じたので、二〇二〇年の夏を過ぎた時、いろいろ考えてた。いつも、非常事態な感じで、危険と常に隣り合わせの状態だった。パンデミックはいつかはやってくるって、思ってたら、本当にきた。

「大丈夫」「一〇〇%安全」とは、思わない。と思う。危機感は、持っている。最悪のシナリオは突然、発生する。

自然と、頭に浮かんでいた。旅をしていた時から、思いは強かった。

「絶対はない」、いつも頭の片隅に、いいきかせています。

口に出していっても、「?・」「何が」という人が多くて、「おかしい」みたいに思われた。

現実において、本当に起こった、人生最大の危機、全てが、突然変わってしまった。崩壊した？　と、考えている。

一人でいるのに、良・悪があるのは、前でも言ってるから、わかっているが、ハードルは低くなった。まだ飛びこえないといけない高さはある。

罪を犯したかのように、発言する人までいて、悪者のように思われている。なぜ？「何か悪いことしました？」、思い当たることが、一つも浮かばない。

現実、思っているけれど、いろんな諸事情を抱えながら、一人で行くと決断したり、選んだ事情もある。「悪い」といわれても、困ることは確かなのです。ムカツクと大声でいいたい程なのです。

時代はめまぐるしく変わっているのに、どこかで不便を感じる。

いろいろいるのに、声をあげてあちこちで、いってきた。きく耳さえ持たれず、忘れられている。いつだか、同じ場面を、経験したなぁー。変なことを思い出していた。

都合のよいいい方、されてたとか、考えるだけでも、ムカツクからやめた。

「今まで、無かったから」と、いい出すかもしれない。一分一秒でも毎日必死になって、過ごしている身からすると、辛さが多いし、誰でも安心して生活できる余裕がほしい。

「××が悪い」、自己責任では、済まない状況。どうやって説明するのか、考えている。

何もしていないのに、犯罪者扱いされてる感覚が今も頭の中に残っていて、突然やってくる。

不定期に、容赦なく突然、やってくるから、頭の中に記憶として残ってしまった。

記録されたことは、思い出したくないけど、消えてなくならない、消したい記憶。

インプットされ、二度と消えなくなった。変なものは、覚えてる。

忘れられる訳がなく、頭にしっかりと残っているので、思い出すのが、一秒もあれば可能なのです。

本当に印象強かったから覚えている。消したいけれど、消せない記憶はある。

過去には、戻りたくない。辛いの文字しかなく、うすれていくことがない現実。

キツイ経験をしてきたから、語れる。

置きざりにはしない

人生の前半部で、暗黒期を体験し、辛さも経験してきた。バブル崩壊以降、とてつもない時代を過ごしてきた。失ったものはたくさんあるとは、いいますな。

突然姿を表し、表に出てきた問題に対して、未だに「なぜ今頃？」という。

見捨てられ、置きざりにされた恨みは、何年たとうとも強く残されている。

不安が多くありすぎて、どこから手をつけたらいいかわからず、お手上げに、なっている。一日一日、さらには、自分自身を守ることで精一杯。

他に目を向ける余裕は、なくなっていき、追いこまれた。世にいう「〇〇問題の解決ができる」と、耳にしていたが、ふたを開けたら現実は、全く違っていた。

一言でいうなら、「冷たい」であった。

実感して思った。「捨てられたな」と感じてた。

何年も騒いで、わかっていたのに、なぜという。

「知らない」では、済まない。代償の文字すら、見えない。

二〇二〇年代、一歩一歩進んでいるが、「不安」の文字が強くなっている。裏切りという言葉まで、出てきた。

いつまで、続くのかと思う。問題解決しないから、ボロが出てきたのにと思う。

かかわりたくないことの一つに、数えられている。勝手に消されては困る。

貧しくなっているとは、思っていても、驚かない。

本来なら、問題が起きたなら、早目に取り上げて、案を出して対策するなら、わかる。

一刻でも早く終わらせないとあとで困る思いはないのかな?。

迷宮入りにされたくない。闇にされたくない、目茶苦茶な出来事と思います。

恨みは消えることなく、一生語っているのは、確かでしょう。

衝撃的であって、現状の終わりのみえない問題につながっているものがある。

いろんな角度から、解決策を図る方法をみつけていくのが、大切なのに……。

何年も、いわれていたことなのに、なぜか動くのが、遅いと思います。

腰を上げるのすら、何年かかってますかと、思う。

月日が過ぎているのに、「解決する」「できる」という、言い方はなぜ生まれてきたのか？

「何もしなくても、解決する」は、実は言ってるだけの世界。限定的なことである。実際は全く違うと知りました。

理想と現実は違うとはいうけれど、本当に改めて強く感じた。

二〇一九年に、出てきた問題は記憶に新しく、解決策をネットでみていたけれど、「?·」しか、浮かばなかった。

読んでみたけれど、難しすぎて、理解できない。

単純で、誰がみてもわかりやすい内容でないと、受け入れられない。文章を読んでいると、疲れてしまう。

堅苦しくて長い文章を読んでいて、一言あげるなら難しい。何がいいたいのか、伝わらない。「何だこれ?·」と思いました。

犠牲にされてきた思いはあり、未来がお先真っ暗なことを、覚えた。

「忘れなさい」などと、いわれても、正直にいいます。「忘れません」。

地獄をみてきたので、忘れられないです。尾を引いているんです。

二〇一九年秋頃のことでは、と思っています。追いかけるかのように、現在の騒動が起き、大きく世界を揺るがすことになりました。

終わりがみえない戦いは、続いており、形を変えています。

世界が、変わったのを、改めて実感しました。正解のない問題を、どんな形にしても、一つ一つ実行していく。失敗する、データもあちこちから集めていき、いろいろさぐっている。

最悪のシナリオというかもしれない。全てにおいて、試されていると思う。

それぞれの事情も違う、はっきりとした結果、どれが正解かは、はっきりいえない。

「行動力」「発言力」「決断力」が、大事なのかと考えます。

「対応する力」もいると感じていた。総合的にいうと、モノがはっきりいえる。

人間力が全てにおいて試されていると思う。今回の騒動で、いろいろ考えさせられたなあーと思う。

何年たっても、変わらない現実、目に見えている。緊急終了宣言したが、コロナ。「怖さ」との戦い。これから先も引き続き、「怖さ」という隣合わせの戦いといえるだろう。

「書く」は歴史と共に刻まれる

よく続いている、「書く」こと。右も左も、全くわからず、探りながら始めた。いろいろ、試した。独学とでも、いうのでしょうか？

常に、国語辞書を片手に、意味を調べながら、漢字を書いている。

スマホは、使うけど、最終手段にしている。

国語辞書を使う方が、都合よく、記憶に残る確率が高いから、便利。かさばるのは、ひっかかるけど、気にしない。

漢字忘れの対策にもなる、悩んだ時に使いやすい大事な友であります。辞書と、友達になっていました。

外では、スマホになるけど、場所を変えれば、よいことにしている。

普段はノート・シャープペン・消しゴムの三点セットを使って行っているが、長年変化することなくいます。

いろいろ試して、やった結果です。

ボールペンにすると、間違えた時または訂正したい時に、消せない。二重線引いて、書き直すのは、何が何でもしたくない。

シャープペンの方が、何かと都合がいいから、いうだけのこと。

PCでは、行わない。ノート・シャープペンで、「あれこれ」考えながら、やるのがよいわけなのです。個人的な好みです。

ノートの方が、開いた時に残っている。過去に書いた内容を、探すのに便利だから。

「見直す」行為にも、つながっている。

書く内容は、何も考えずに、頭に浮かんだことを、ノートに、記入する。

何年もやってきた結果、一番やりやすい方法、変える予定はない。

落ち着くのは確かであり、基本としています。

いつどんな時でも、「書く」をやめようとは、思わなかった。

辛い時も、楽しい時も、書いている。「あっ!」と、ひらめいた時にやらないと、すぐに忘れるから。

興奮さめやらぬうちに、行うことが大切。

「書く」を行う時には、浮かばない、出てこないこともある。

頭の中でいくら考えても、出ないから、悩む。

最初の一文字が決まるまでが、時間はかかる。一ページやれた時の充実感は、たまらない。

日記は毎日何行か書いて＋ノートに書くことをやっていたこともあったが、苦になった記憶はない。やりたいからやっているだけで、大切な時間。癖をつけたら、やらないと気持ち悪くなってた。

現状は、不定期で行うことにしている。気がのったときに、行っている。

日記については、毎日、色ペンを使って書いている。1色だけだと、つまらないから。

「止まる」のが、知らない世界と思っている。「書く」という時に、いろんな歴史が刻まれていき、これから先もずっと続いていく。

歴史の中には、事件・争いが入っているが、毎日どこかで起きている。

災害も、突然やってきて、いつも見ていた光景が、たった一つの出来事で変わってしまったことをみてきた。

「争いはしてはいけない」、いつも口にしていってた。

誰しもが願っていること、悲惨な結果を、招くことは知っている。戦争の映画をみた。実際経験した話をきくと、恐怖を感じる。

パンデミック＋戦争、考えただけでも、想像したくないことだ。悲しみを生む。繰り返したくない。

「書く」時に、どういう内容にするのか、いろいろ浮かんでは消えて、考えている。日々起こる出来事を元にして、小さな身近にある怒りまたは楽しみを想像させて、決めている。

誰かの発言をヒントに、書くこともあるが、いろいろと試行錯誤の連続と思っている。「無謀」といわれる挑戦、しているのは本当で、どこで終わるかなんて考えは、決めていない。

まだまだ、旅は続いていく。限りない道を、これから先も歩き続けていく。

「書く」という、旅はどこで終わりを告げるか、決めないでいる。

なくしたくない大切な友。近頃スマホのアプリでも、書いていてまだ何か月か？　だが、やってます。

お願いがある。一人でいる事情、様々あるけど、「悪い」といわないでほしい。
「独りで〇〇する」ことに対して、以前より、ハードルが下がり、寛容になってきた。
下がったのはいいことだが、狼の目のように、鋭くみられる。なぜと思う。
いろんな悩みも抱え、声に出していうも、どこまで届いているかは、知らない。
解決への道がほしいのに、問題扱いされるたび、違うのにとの思いはある。
「人は、独りでは生きられない」とはいうけれど、考えてしまう。
意見が色々出るけれど、わかってもらえるといいなという思いはある。
一日二十四時間は、どこにいても、変わらない。
止められない時が、刻まれていく中で、世間がいう問題を早く解決することをいのる。
根っ子が深い、放置してきた現実を、もう一度足元から、見直す時はきている。
「書く」をやって気づいたことの「一個」と思った。
本日、再び日記を書く、どこまでも続いていく。
「現役続行」というのは、考えてみたが果たして当たっているのか?
誰にもわからない。ただの通過点なのかもしれない。
これから先も、「書く」というストーリーは続いていく。

著者プロフィール
くろでアオ
静岡県生まれ

18個の書く決意

2023年 8 月15日　初版第 1 刷発行

著　者　くろでアオ
発行者　瓜谷 綱延
発行所　株式会社文芸社
〒160-0022　東京都新宿区新宿1－10－1
電話　03-5369-3060（代表）
03-5369-2299（販売）

印刷所　図書印刷株式会社

ISBN978-4-286-26005-1